SOUDAIN, SEULS

Isabelle Autissier est la première femme à avoir accompli un tour du monde à la voile en solitaire. Elle est l'auteur de romans, de contes et d'essais, dont *Kerguelen* (Grasset, 2006), *Seule la mer s'en souviendra* (Grasset, 2009), *L'Amant de Patagonie* (Grasset, 2012) et, avec Erik Orsenna, *Salut au Grand Sud* (Stock, 2006) ainsi que *Passer par le Nord* (Paulsen, 2014). Elle préside la fondation WWF France.

Paru dans Le Livre de Poche :

L'Amant de Patagonie

Seule la mer s'en souviendra

En collaboration avec Erik Orsenna :

Salut au Grand Sud

ISABELLE AUTISSIER

Soudain, seuls

ROMAN

STOCK

ISBN : 978-2-253-09899-7 – 1re publication LGF

LÀ-BAS

Ils sont partis tôt. La journée promet d'être sublime comme savent parfois l'être ces latitudes tourmentées, le ciel d'un bleu profond, liquide, de cette transparence particulière aux Cinquantièmes Sud. Pas une ride à la surface, *Jason*, leur bateau, semble en apesanteur sur un tapis d'eau sombre. Les albatros, en panne de vent, pédalent doucement autour de la coque.

Ils ont tiré l'annexe bien haut sur la grève et longé l'ancienne base baleinière. Les tôles rouillées, dorées par le soleil, ont un petit air guilleret, mêlant les ocres, les fauves et les roux. Abandonnée des hommes, la station est réinvestie par les bêtes, celles-là mêmes que l'on a si longtemps pourchassées, assommées, éventrées, mises à cuire dans les immenses bouilleurs qui, maintenant, tombent en ruine. Au détour de chaque tas de briques, dans les cabanes écroulées, au milieu d'un fouillis de tuyaux qui ne vont plus nulle part, des groupes de manchots circonspects, des familles d'otaries, des éléphants de mer se prélassent. Ils sont restés un bon moment les contempler et c'est tard dans la matinée qu'ils ont commencé à remonter la vallée.

« Trois bonnes heures », leur avait dit Hervé, l'une des rares personnes à être jamais venues ici. Sur l'île, dès que l'on s'éloigne de la plaine côtière, on quitte le vert. Le monde devient minéral ; rochers, falaises, pics couronnés de glaciers. Ils vont d'un bon pas, s'esclaffant comme des collégiens en vadrouille, devant la couleur d'une pierre, la pureté d'un ruisseau. Arrivés au premier ressaut, avant de perdre la mer de vue, ils font une autre pause. C'est si simple, si beau, quasi indicible. La baie encerclée de tombants noirâtres, l'eau qui scintille comme de l'argent brassé sous la légère brise qui se lève, la tache orangée de la vieille station et le bateau, leur brave bateau, qui semble dormir, les ailes repliées, pareil aux albatros du matin. Au large, des mastodontes immobiles, blanc-bleu, luisent dans la lumière. Rien n'est plus paisible qu'un iceberg par temps calme. Le ciel se zèbre d'immenses griffures, nuages sans ombre de haute altitude, que le soleil ourle d'or. Ils restent longtemps fascinés, savourant cette vision. Sans doute un peu trop longtemps. Louise note que ça grisaille dans l'ouest et ses antennes de montagnarde se déplient, en alerte.

« Tu ne crois pas qu'on ferait mieux de rentrer, les nuages arrivent. »

Le ton est faussement enjoué, mais l'inquiétude perce.

« Sûrement pas ! Ah, toi, il faut toujours que tu te biles. Si ça se couvre, on aura moins chaud. »

Ludovic essaye de ne pas mettre d'impatience dans sa voix, mais, franchement, elle l'énerve avec son tracassin. S'il l'avait écoutée, ils ne seraient pas là, seuls comme des rois dans cette île du bout du monde. Ils n'auraient jamais acheté le bateau ni entamé ce formidable voyage. Oui, le ciel est en train de s'assombrir au loin, mais au pire ils seront mouillés. L'aventure est à ce prix, c'est même leur but, se sortir de la torpeur de bureaux parisiens qui risquaient de les engloutir dans une confortable mollesse et les laisser sur le bord de leur vie. La soixantaine sonnerait et ils n'auraient que les regrets de n'avoir rien vécu, de ne s'être jamais battus, jamais découverts. Il se fait violence pour trouver un ton conciliant.

« C'est l'occasion ou jamais d'aller voir ce fameux lac sec. Hervé m'a dit qu'on ne rencontrerait cela nulle part ailleurs, ce dédale de glaces posées à terre. Tu te souviens des photos incroyables qu'il a montrées. Et puis je ne trimballe pas les piolets et les crampons pour rien. Tu vas voir, on va se régaler, toi la première. »

Il joue sur sa corde sensible. La montagnarde, c'est elle. C'est même pour elle qu'il a choisi cette destination : une île australe mais montagneuse ; un fouillis de pics tous plus vierges les uns que les autres, posés au milieu de l'océan Atlantique, par plus de 50° Sud.

Il est déjà 14 heures et le ciel s'obscurcit franchement lorsqu'ils atteignent la dernière crête. Hervé n'a pas menti, c'est époustouflant. Un cratère de plus d'un kilomètre de long s'ouvre en un ovale parfait. Il est entièrement vide, ses flancs tapissés de cercles concentriques laissés par le recul de l'eau, comme la lunule d'un ongle géant. De l'eau il n'y en a plus du tout. Par un étrange phénomène de siphon, le lac s'est vidé sous une barrière rocheuse. Posées sur l'ancienne cuvette, il ne reste que de gigantesques glaces, certaines de plusieurs dizaines de mètres de haut, témoins du temps où elles ne faisaient qu'un avec le glacier en contrebas. Depuis combien de temps sont-elles là, serrées comme une armée oubliée ? Sous le ciel maintenant gris, les monolithes, constellés de vieille poussière, dégagent une poignante mélancolie. Louise plaide encore une fois pour faire demi-tour.

« On sait où c'est, on pourra revenir, pas la peine de se tremper… »

Mais Ludovic dévale déjà la pente en hurlant de plaisir. Ils errent un moment au milieu des glaces échouées. De près, elles semblent sinistres. Les blancs et les bleus, d'ordinaire éclatants, sont souillés de terre. Une lente fonte ternit leur surface, leur donnant l'aspect d'un parchemin bouffé par les insectes. Malgré cela, ils sont subjugués par cette sombre beauté. Leurs mains glissent sur les alvéoles usées, caressent la paroi froide en rêvant. Ce qui fond sous leurs yeux existait bien avant eux, bien avant qu'*Homo sapiens* ne vienne bouleverser la surface de la planète. Ils se mettent à chuchoter comme dans une cathédrale, comme si leurs voix risquaient de briser un fragile équilibre.

La pluie qui se met à tomber interrompt leur contemplation.

« De toute façon, elle est pourrie, cette glace. Hervé s'est amusé à monter dessus mais franchement, je ne vois pas l'intérêt. On ferait mieux de se dépêcher de rentrer. Le vent se lève et ça risque d'être sportif avec le petit hors-bord de l'annexe. »

Là, Louise ne râle plus, elle est tout simplement passée aux commandes. Ludovic connaît ce ton de voix sans appel. Il sait aussi qu'elle a souvent du flair et un bon jugement. Va pour le demi-tour.

Ils regrimpent le cratère et dévalent la pente vers l'ouvert de la vallée. Leurs vestes claquent déjà sous la brise, leurs pieds glissent sur les pierres humides. Le temps a changé à toute vitesse. En atteignant le dernier col, ils notent, sans un mot, que la baie ne ressemble en rien à la paisible vision de l'aller. Une méchante fée l'a changée en une surface noire brouillée de lames rageuses. Louise court, Ludovic trébuche derrière elle en maugréant. Ils arrivent essoufflés sur la plage. Les vagues s'écrasent pêle-mêle. Dans la houle qui se forme, on voit que le bateau tosse durement au bout de sa chaîne.

« Bon, on va se faire tremper, ça méritera un bon chocolat chaud ! fanfaronne Ludovic. Mets-toi à l'avant et rame bien face à la lame, pendant que je pousse ! Dès qu'on aura passé le ressac, je démarrerai le moteur. »

Ils traînent l'annexe, guettant une accalmie. L'eau glacée leur bat aux genoux.

« Là ! Vite ! Rame… mais rame, bon Dieu ! »

Ludovic patine dans le sable mouillé, Louise à l'avant se démène avec son aviron. Une première vague éclate, remplissant le petit bateau, la suivante le prend de travers, le soulève et l'envoie à l'envers comme un fétu. Ils se retrouvent projetés l'un contre l'autre dans un bouillonnement blanchâtre.

« Merde ! »

Ludovic rattrape d'une main l'aussière de l'annexe que le reflux entraîne déjà. Louise se masse l'épaule.

« J'ai pris le hors-bord dans le dos. J'ai mal. »

Ils ruissellent l'un contre l'autre, effarés de cette soudaine violence.

« On va traîner l'annexe là-bas. Au coin de la plage, ça déferle moins. »

Bravement, ils halent la petite embarcation vers un endroit qui semble plus propice. Lorsqu'ils l'atteignent, force est de constater que la situation est à peine meilleure. Deux fois ils reprennent la manœuvre, deux fois ils sont rejetés dans un tourbillon d'écume.

« Arrête ! On n'y arrivera jamais et j'ai trop mal. »

Louise s'est laissée tomber à terre. Elle se tient le bras en grimaçant, des larmes coulent, invisibles sur son visage que la pluie fouette. Ludovic donne un coup de pied rageur qui fait s'envoler une gerbe de sable. La frustration et la colère l'envahissent. Saleté de pays ! Saleté d'île, de vent, de mer ! Une demi-heure, une heure plus tôt au maximum, et ils seraient à ce moment en train de se sécher devant le poêle en riant de leurs aventures. Il enrage de son impuissance et d'un sentiment de remords qui s'insinue douloureusement.

« Ok, on ne va pas y arriver. Écoute, on va se mettre à l'abri dans la station et laisser passer ça. Le vent a pris vite, il retombera bientôt. »

Péniblement, ils ramènent l'annexe en haut de la plage, l'amarrent à un poteau gris hors d'âge et s'engagent entre les débris de planches et de tôles.

En soixante ans, le vent a fait son œuvre dans l'ancienne base baleinière. Certains bâtiments ont été soufflés de l'intérieur, comme par une explosion. Quelques pierres en volant ont cassé les carreaux et le vent, en s'engouffrant, s'est chargé du reste. D'autres constructions penchent dangereusement, attendant le coup de grâce. À côté d'un grand pan incliné en bois, où l'on traînait les baleines pour les dépecer, un cabanon attire l'attention de Louise et Ludovic. Mais, à l'intérieur, une épouvantable odeur les saisit à la gorge. Quatre éléphants de mer, entassés les uns sur les autres, éructent bruyamment devant le dérangement.

Dépités, ils s'enfoncent dans les ruines vers une bâtisse à deux étages qui paraît en meilleur état. Une bande de manchots imperturbables les croise et Ludovic a la tentation de les chasser, pour leur faire payer cette indifférence. L'intérieur est lugubre, sombre et humide. Un vieux carrelage, des tables en tôle et des chaudrons décatis leur révèlent qu'il devait s'agir d'une cuisine collective. La pièce d'à côté ressemble effectivement à un réfectoire. Louise se laisse tomber sur un banc en grelottant. Elle a mal, mais surtout elle a peur. Les coups de gueule de la montagne, elle connaît, elle sait quoi faire, au pire s'enterrer dans la neige dans un sursac et attendre. Ici, elle se sent perdue. Ludovic emprunte l'escalier de béton. En haut, il trouve deux vastes dortoirs, des box séparés par des demi-cloisons contenant chacun un matelas défoncé, une petite table et une armoire béante. Des photos délavées, un godillot traînant, des vêtements en loques pendant au clou, les lieux paraissent avoir été abandonnés à la hâte par des hommes trop heureux de fuir cet enfer. Au fond, une porte à moitié arrachée de ses gonds ouvre sur une petite pièce vaigrée de bois et mieux meublée : la chambre d'un contremaître, sans doute.

« Viens, là-haut c'est mieux. On va attendre au chaud. »

« Au chaud » est un bien grand mot. Ils se laissent tomber sur le lit qui gémit. Contre les carreaux disjoints de la fenêtre, la pluie claque avec force et s'infiltre, formant déjà une mare sur un coin pourri du plancher. La lumière verdâtre fait ressortir les traînées d'humidité sur une peinture qui a été blanche. L'unique chaise est cassée et Ludovic se demande, bizarrement, pourquoi. Seul un vieux bureau à tiroirs, analogue à ceux des instituteurs du début du siècle, paraît intact.

« Bon, voilà notre refuge de montagne ! Allez, fais voir ton épaule. Et il faut se sécher. »

Il se concentre pour prendre un ton apaisant, donner l'impression que tout ceci n'est qu'une péripétie, mais ses mains tremblent légèrement. Il l'aide à se déshabiller pour essorer ses vêtements dégoulinants. Nue, son corps mince et musclé paraît fragile. Elle a toujours refusé de se laisser bronzer quand ils étaient dans les mers chaudes. Seuls ses bras, son visage et le bas de ses jambes sont brunis, faisant ressortir le reste de sa carnation pâle. Sa frange noire dégoutte sur ses yeux verts pailletés de brun. Ces yeux, la première chose qui l'a fait craquer cinq ans auparavant. Une vague de tendresse le submerge. Il la frotte avec son pull-over, aussi vite que possible, pour la réchauffer et tord ses habits trempés. Son épaule gauche montre une bonne balafre, l'hélice sans doute, et une large plaque qui bleuit. Elle se laisse faire comme une poupée, en frissonnant. Il fait de même pour lui, mais sent bientôt le froid des vêtements trempés qui lui collent à la peau. En été, il ne fait guère plus de quinze degrés par beau temps. Maintenant, le thermomètre doit avoisiner les dix degrés.

« On a un briquet ?

— Dans le sac. »

Bien sûr, elle, l'alpiniste, ne part jamais sans son précieux briquet. Il trouve également deux couvertures de survie et se hâte de l'en envelopper.

Farfouillant dans la cuisine, il déniche une sorte de grand plat à four en aluminium et arrache des planches à des étagères déglinguées. Il remonte le tout, débite des brindilles avec son couteau et finit par faire prendre un petit feu. Malgré la porte ouverte, la fumée envahit rapidement la pièce, mais c'est mieux que rien.

Il se force à sortir examiner la situation. Le vent est monté d'un cran et les rafales font fumer la mer. Un bon 40 nœuds. Pas l'apocalypse, mais impossible de regagner le bateau. Entre les rideaux de pluie, il l'aperçoit qui se maintient vaillamment face aux lames. Le plafond nuageux s'est abaissé au point d'effacer le haut des falaises dans la grisaille et la lumière décline.

« Je crois bien qu'on est là pour la nuit, annonce-t-il en remontant. Il reste quelque chose à manger ? »

Louise a repris un peu d'énergie. Elle entretient un feu réconfortant, même si les vieilles planches, en brûlant, dégagent une terrible odeur de goudron. Ils suspendent leurs vestes près des flammes et se serrent en mâchonnant des barres de céréales.

Ni l'un ni l'autre n'ont envie de commenter la situation. C'est, ils le savent, un terrain dangereux où ils risquent de s'affronter : elle, la prudente, lui, l'impétueux. L'explication viendra plus tard, quand ce désagréable épisode sera derrière eux. Ils referont l'histoire, elle lui prouvera qu'ils ont été inconscients, il rétorquera que c'était imprévisible, ils se chicaneront puis se réconcilieront. C'est presque devenu un rituel, une soupape de sécurité à leurs différences. Personne ne s'avouera vaincu, mais chacun, sûr de son bon droit, acceptera une paix des braves. Pour le moment, il faut faire front ensemble et attendre. Les yeux rougis par la fumée, ils se font sécher au milieu d'un vacarme qui grandit. À l'étage inférieur, le vent ronfle dans les pièces abandonnées. C'est une modulation de basse continue avec des appels plus aigus à chaque rafale. Par moments, un léger répit s'installe et ils sentent leurs muscles se détendre à l'unisson. Puis le feulement reprend et leur semble plus fort encore. Çà et là, des tôles claquent comme des grosses caisses. Ils restent muets, chacun absorbé par cette lugubre symphonie. La fatigue de la randonnée et plus encore le contrecoup des émotions s'abattent sur eux. Finalement, Ludovic déniche une couverture qui sent la vieille poussière, ils se blottissent sur le petit lit et sombrent immédiatement.

Ludovic se réveille dans la nuit. Les bruits ont changé. Il en déduit que le vent a tourné et vient maintenant de la terre. Sa violence a encore augmenté. On entend les grondements loin en amont qui dévalent la vallée en roulements de tambour, puis frappent le bâtiment qui semble osciller sous les coups. Il juge que la rotation du vent est un bon signe, la fin de la tempête approche. Dans le noir et la tiède humidité de leurs corps emmêlés, il goûte un moment un sentiment de quiétude. Ils sont là, tous les deux, sans aucun être humain à des milliers de kilomètres à la ronde, seuls dans ce grand vent. Mais ils sont à l'abri et peuvent se rire de la tempête. Il perçoit chaque parcelle de son corps comme si elle était autonome, emmagasinant les ingrédients de cette étrange situation : le creux du matelas défoncé sous son dos, les lentes respirations de Louise contre sa poitrine, le souffle venu de nulle part qui lui effleure la tête. Il est tenté de la réveiller pour lui faire l'amour, mais se souvient que son épaule la fait souffrir. Mieux vaut la laisser dormir. Demain matin, peut-être…

Peu avant l'aube, le vacarme cesse brutalement. Ils en prennent tous les deux conscience dans un demi-sommeil, puis se rendorment, cette fois-ci complètement détendus.

C'est un rayon de soleil qui tire Louise de sa léthargie. Jusqu'à l'accalmie elle a cauchemardé. Elle voyait les vitres de leur appartement du 15ᵉ soufflées par une vague monstrueuse, puis se retrouvait à dériver sur un radeau dans des rues envahies d'eaux brunes, au milieu d'appels de détresse et de bras s'agitant désespérément aux fenêtres.

« Ludovic, tu dors ? On dirait que c'est fini ! »

Ils s'ébrouent, ankylosés. Elle grimace en se redressant et se tâte longuement l'épaule.

« Pas cassé, je pense, mais c'est toi qui seras à la manœuvre pour un bout de temps !

— Ok, princesse. Allez, l'hôtel n'était pas grand luxe, mais le petit déjeuner sera servi à bord dans un quart d'heure. Si madame veut se donner la peine. »

Ils se sourient, ramassent leurs affaires et quittent la pièce où traîne l'odeur de fumée froide.

Dehors, le soleil resplendit aussi fort que la veille.

« Foutu pays, non ? »

Sur le pas de la porte, ils ont exactement la même impression. Une poigne violente leur agrippe le ventre, une bouffée âcre leur remonte dans la gorge comme une brûlure, un tremblement incontrôlable les agite. La baie est vide.

« … le bateau… pas possible… plus là… »

Ils bredouillent, murmurent, clignent des yeux comme pour rectifier l'image qu'ils ont devant eux. Tout cela n'est qu'un mauvais rêve. Il suffit de rembobiner le film de la nuit, puis redonner un cours normal aux choses. Ils auraient dû sortir, voir *Jason* à nouveau immobile, rassurant, et descendre en plaisantant vers la grève. Mais la réalité persiste cruellement. Le bateau a disparu. Ils restent un long moment à scruter la baie, cherchant une épave ou au moins un morceau de mât dépassant près d'une falaise. Rien. Ou plutôt la vie, comme d'habitude, des goélands fouillent la plage à coups de bec pressés, le chuintement du ressac. Tout est normal. *Jason*, leur bateau, leur maison, le véhicule de leur liberté, a simplement été gommé comme une rature, comme une erreur. C'est inacceptable, cela ne peut pas être. Sidérés, ils sont hors d'état d'échanger une parole. En chacun d'eux chemine l'horreur des conséquences de cette disparition : plus de maison, plus de nourriture ni de vêtements, plus de moyens de quitter l'île ni de communiquer avec quiconque. Au-delà de la révolte, l'incongruité de cette situation les submerge. Ludovic n'a tout simplement jamais imaginé une seconde que les éléments de base de la vie, toit, aliments, puissent un jour lui manquer. Regardant à la télévision la misère africaine ou asiatique, il combattait d'obscurs remords en se persuadant que ces gens-là n'avaient sans doute pas les mêmes besoins, qu'ils étaient habitués à vivre de peu. Il envoyait parfois un chèque à l'Unicef, sans se sentir vraiment concerné.

Louise, au cours d'expéditions en montagne, avait souvent eu l'occasion de dormir dehors, parfois d'un œil, trempée par la pluie. Il lui était même arrivé, à cause d'une intendance mal calculée, de partager à quatre pendant trois jours des rations normalement individuelles. Elle avait éprouvé cette fragilité inhérente à l'être humain, jeté en pleine nature, loin de ses repères et de ses bases. Mais cela n'avait jamais été qu'une parenthèse, rien de vital n'était en jeu. Hormis des cernes sous les yeux et quelques crampes d'estomac, ils finissaient par redescendre dans la vallée et savouraient à n'en plus finir une douche ou un steak, avec le frisson rétrospectif de l'aventure. Ces situations ne constituaient finalement que de bons souvenirs à évoquer en riant entre compagnons de cordée, mais elles l'avaient un minimum préparée à affronter l'imprévu. Par instinct ou par entraînement, elle savait trier l'indispensable du superflu, le dangereux de l'impressionnant. Pour devenir une bonne alpiniste, elle avait appris à réévaluer un objectif en fonction des conditions, à renoncer ou à persévérer en tenant compte de l'état du groupe, de la météo et des conditions naturelles. Elle était donc plus à même de les tirer de leur apathie :

« L'annexe, pourvu qu'elle soit encore là ! Il faut aller voir. *Jason* était à mi-chemin de la pointe et du groupe de roches en face. Il a peut-être coulé sur place.

— Mais on verrait le mât dépasser ! »

Ludovic lutte à sa façon contre l'évidence. Lui, d'ordinaire optimiste et prêt à tout, se sent vide. Rien ne sert à rien.

« Il a pu démâter. Il n'y a pas plus de sept à huit mètres d'eau, on pourrait retrouver des choses, de la nourriture, des outils. Il y a un téléphone satellite dans le sac étanche de secours. Il faut au moins essayer. Allez, bouge-toi !

— Non, je suis sûr que c'est l'ancre qui a chassé. Cette nuit j'ai entendu. Le vent a tourné nord-ouest. Ça accélérait en tombant depuis les montagnes, les vrais williwaws, comme dans les livres.

— Les livres, je m'en fous, elle hurle, les larmes aux yeux, tu veux faire quoi ? Retourner à l'hôtel ? »

Elle part comme une furie vers la plage, il suit. Les mêmes idées se bousculent dans leurs têtes. L'île est déserte. En fait, c'est une réserve naturelle qu'ils n'auraient normalement pas dû aborder. Mais, d'un commun accord, ils s'étaient octroyé cette entorse au règlement.

« De toute façon, personne ne passe jamais là. Une escapade dans la vraie nature. Quelques jours d'escale, ça ne se saura jamais… »

Non, personne ne sait. Leurs proches, à terre, les croient en route pour l'Afrique du Sud. On ne les cherchera jamais là. On les croira disparus en haute mer. Ludovic a la fugitive vision de ses parents, près d'un téléphone dans leur maison d'Antony. S'ils ne retrouvent pas le bateau, cette île est une prison, une prison sans autre gardien que des milliers de kilomètres d'océan.

L'annexe est toujours là, couverte de sable et d'algues par la tempête. Cela leur procure un léger réconfort.

Pendant une heure, ils rament autour de la position du mouillage. L'eau claire frise à peine sous la brise. Elle est d'un vert si translucide que l'on distingue les pierres éparses dans le fond et quelques masses sombres qui ressemblent à des éléments d'un machinisme perdu ou arraché à la station baleinière. Une épave ne pourrait pas leur échapper.

Découragés, ils reviennent à la plage.

« On n'avait pas mis assez de chaîne, maugrée Louise.

— Si, trois fois la profondeur, comme d'habitude.

— Eh bien, visiblement, on n'est pas comme d'habitude, ici !

— Et puis l'ancre Soltant, c'est la meilleure, normalement elle accroche partout, elle nous a coûté assez cher.

— Alors merci, monsieur Soltant, c'est lui qui va venir nous chercher ? On aurait mis deux fois plus de chaîne, on n'en serait pas là. Et je t'avais dit hier qu'il fallait rentrer plus tôt. Mais non, monsieur voulait s'amuser, faisait sa tête de mule, tout allait bien, on serait juste un peu mouillés… »

La voix de Louise est blanche, empreinte d'une rage froide. Elle se masse nerveusement l'épaule, fixant le sable, tournant le dos à Ludovic. Si elle le regarde, elle sait ce qu'elle verra : ce grand corps de lutteur impuissant, les bras ballants, ces yeux bleus d'enfant déçu dont le jouet est cassé, cet homme fait pour la joie et l'insouciance qu'elle aime. Elle fondra en larmes et ce n'est pas le moment.

Il ne veut pas répondre à ses piques, depuis qu'ils ont fait demi-tour la veille, il a le goût âcre du remords dans la bouche. Ses remarques l'ont pourtant blessé. C'est à lui de trouver des solutions, pour se faire pardonner. Il doit y en avoir, forcément.

« On pourrait faire le tour de la baie au moteur, il a peut-être coulé le long d'une falaise.

— Tu rêves. Et d'ailleurs, on ferait quoi ? Je ne vois pas comment on pourrait le renflouer.

— Peut-être au moins plonger, récupérer… »

Ludovic ne finit pas sa phrase. Louise pleure sans bruit. Il l'attire contre son épaule. Comment en sont-ils arrivés à cette situation absurde ? C'est trop injuste qu'une simple balade prolongée reçoive une telle sanction. Il a trente-quatre ans et l'idée de la mort l'a rarement effleuré. La disparition de deux copains, l'un d'un accident de moto et l'autre d'un cancer foudroyant du pancréas, l'avait secoué, mais il en avait tiré argument pour ce voyage à la voile. Vivons ! Vivons à fond avant d'être rattrapés ! Rattrapés, ils le sont dans ce paysage sublime, par cette douce journée d'été austral. Un soleil hypocrite fait étinceler les gouttes d'humidité comme des myriades de diamants. En arrière-plan, la plaine fume légèrement. Des otaries et des éléphants de mer se prélassent en bâillant de plaisir. Il regarde autour de lui et pense que rien, pas un vol d'oiseau, pas une vague, pas un brin d'herbe, rien ne changera s'ils disparaissent ici. Le vent aura tôt fait de balayer l'empreinte de leurs pas.

Ludovic ressemble à un pur produit de ce que l'on appelle facilement la génération Y ; fils unique de parents cadres, pavillon de banlieue. Rien ne lui a manqué, du ski à l'Alpe-d'Huez et de la voile aux Baléares, des jeux vidéo censés occuper la chère tête blonde quand les parents rentrent trop tard. Blond, il l'est, ses cheveux coupés au millimètre et tartinés de gel tous les matins accentuent encore son mètre quatre-vingt-dix. Ses yeux bleus, sa fossette au menton font chavirer les filles du collège puis du lycée. Il ne s'est pas privé de ces succès faciles. Son dilettantisme provoque les soupirs de ses professeurs : « N'exploite pas ses possibilités » revient en antienne dans les bulletins scolaires. Bon an mal an, il a terminé une école de commerce où il était plus assidu à la bière et au pétard qu'aux amphis. Les relations de son père aidant, il occupe un poste de chargé de clientèle chez Foyd & Partners, agence d'événementiel on ne peut plus française, comme ne l'indique pas ce nom supposé être tendance. Mais, sous ce personnage quelque peu superficiel, Ludovic est animé d'une aptitude fondamentale au bonheur qui attire, aimante. Avec lui, on se sent bien, la vie devient simple, drôle, passionnante. Non seulement il voit toujours le verre à moitié plein, mais, sans qu'il s'y applique particulièrement, son entrain et sa joie de vivre sont contagieux. Cette aptitude n'est ni une façade ni une pose, mais plutôt le résultat d'une vie jusque-là protégée et heureuse. Il ne se souvient pas de s'être jamais réveillé triste ou même mélancolique. Il a peu à peu pris conscience de cette faculté, mais n'en tire aucune gloire particulière. Mettre à disposition des autres ce trop-plein de joie est simplement sa nature, sa manière de contribuer à la marche du monde. On dit de lui que c'est un vrai gentil.

Louise, elle, a de prime abord un côté classique, presque vieillot. Une silhouette fine, un visage allongé et le sourire fugitif, souvent contraint, de ceux qui veulent juste ne pas déplaire. Fille de commerçants grenoblois où l'on continue à compter l'argent malgré l'aisance, elle non plus n'a manqué de rien, si ce n'est d'une véritable attention. Ses deux frères aînés étaient l'orgueil de la famille. Elle, « la petite », se glissait dans les interstices. Ses idées, ses rêves, son parcours scolaire ou personnel n'ont jamais alimenté les conversations familiales. Son physique reflète le peu d'attention qu'on lui porte. Elle-même se trouve quelconque. Un mètre cinquante-cinq, brune, osseuse, elle s'est longtemps désespérée de seins qui ne poussaient pas. Elle a cheminé dans l'enfance et l'adolescence sans attirer l'attention, mais avec bonne volonté, comme pour se faire pardonner. On disait qu'elle était sans histoires… terrible jugement. Études secondaires réussies, droit à Lyon, concours de la fonction publique et un poste au centre des impôts du 15e à Paris. Pendant tout ce temps, elle a souffert de cette sorte de transparence de son être. Petite, elle se réfugiait dans la lecture, dévorait les Jules Verne, les Zola et tout ce qui tombait sous sa main à la bibliothèque. De là, elle passait des heures à s'imaginer une vie palpitante, des aventures haletantes, au fin fond d'une jungle ou couverte des soieries de la grande société. Elle développait un imaginaire fait de scénarios improbables où elle tenait enfin le rôle principal. Jour après jour, elle remâchait des situations, soignant des mises en scène, des répliques héroïques qu'elle s'attribuait. Elle devenait exploratrice, combattante de la liberté, musicienne ou sportive d'exception. Elle se voyait dans les caves de la Résistance, en haute mer, au sein du désert. Cette double vie l'apaisait, la rassurait sur sa capacité à se faire un jour remarquer. Elle s'installait sur son lit, fermait les yeux et s'abandonnait à son récit intérieur. S'il fallait le délaisser à l'heure de l'école, elle en reprenait le fil le soir en rentrant, avec délectation. Adolescente, elle avait enfin trouvé autre chose qu'un refuge imaginaire : l'escalade et l'alpinisme. Commencées au hasard d'un camp de vacances, ces activités correspondaient exactement à ce qui lui manquait : l'exaltation de ce corps qu'elle n'aimait pas assez ; la ténacité et le courage dont elle se parait dans ses rêves ; une place dans un collectif où chaque membre de la cordée importe. Légère, souple, elle réussissait. L'idée de devenir guide l'avait effleurée, mais elle n'eut pas le cran d'assumer la rupture familiale.

« Ce n'est pas un travail de femme. Que feras-tu quand tu auras des enfants ? »

C'était devenu, cela restait un hobby. Adulte et indépendante, avec ce travail parisien, elle se contentait donc de filer gare de Lyon tous les week-ends, chaussons ou piolets et crampons dans le sac.

TGV, voiture 16, places 46 et 47. Ludovic part rejoindre des copains aux sports d'hiver, mais, après avoir tripoté son iPhone pendant trois quarts d'heure, commence à s'ennuyer. Elle est plongée dans un topo-guide d'escalade. Elle doit avoir son âge.

« Vous faites de la montagne ? »

Elle répond, au début, du bout des lèvres à ce casse-pieds qui la tire de sa lecture captivante, mais elle finit par se laisser prendre à son sourire encourageant.

Elle a souvent essayé de s'entretenir avec ses collègues sur sa passion, mais ils se sont vite lassés de ses histoires de voies et de notations et de son jargon technique. Elle s'était à nouveau réfugiée dans ses rêveries. Ce monde de l'alpinisme qui peuple maintenant chaque recoin de son imaginaire devient une tour d'ivoire. Elle vit pour ces samedis et dimanches et traverse le reste de la semaine avec une indifférence polie. Souvent elle contemple le poster des Drus dont elle a orné son bureau. C'est son secret, un monde que les autres ne peuvent pas comprendre, un monde pour elle seule.

Avec ce type avenant, dans la parenthèse hors du temps de ce voyage en train, elle se laisse aller. Mise en confiance par les hochements de tête de l'inconnu, elle prend même une petite revanche et devient lyrique. Elle lui parle de l'aube bleu-rose au sortir du refuge, du grain reconnaissable de chaque espèce de roche au bout des doigts, des nuits accrochée à la paroi dans le portaledge, la tente hamac, balancée par le vent comme un fétu, quand les lumières de la vallée ont disparu sous les nuages et que l'on se sent plus proche du ciel que de la terre, proche de l'éternité. Elle tente de lui expliquer la beauté d'une voie, la plus simple, la plus droite possible, qui éblouit par sa pureté. Elle décrit le craquement de la croûte glacée sous les pas, le sifflement de la corde qui part dans l'inconnu. Il l'écoute, amusé de trouver tant de flamme chez cette fille à l'aspect plutôt commun. Et puis, elle a de beaux yeux verts avec des paillettes dorées qui brillent quand elle s'enflamme. Ils se quittent à la sortie du tortillard de Chamonix. Il lance l'invitation par politesse, mais aussi avec un zeste d'intérêt :

« Passe avec tes copains, un de ces soirs. Nous, on est au Dérapage après le ski. »

Deux jours après, Phil, Benoît et Sam, les compagnons de cordée de Louise, s'étonnent que ce soit elle qui leur propose d'aller boire un verre en redescendant des Aiguilles-Rouges. D'habitude, il faut plutôt la traîner dans les festivités. Les deux bandes fraternisent vite. Ludovic est surpris de la révérence dans laquelle la tiennent ses trois amis :

« La meilleure, c'est elle. Elle passe du 7. Elle n'a pas son pareil pour sentir la crevasse.

— Elle ne s'émeut jamais quand l'orage gronde dans la paroi. Elle n'en a jamais assez.

— Tant d'énergie dans ce corps de crevette, c'est incroyable. »

Il la considère du coin de l'œil, à l'autre bout de la table. Redescendant d'escalade, elle a un air apaisé, un joli sourire pendant que ses mains aux ongles cassés miment, pour ses vis-à-vis, une histoire de graton qu'elle a attrapé de justesse. Une fille pas si commune que cela, finalement !

Revenu à Paris, il reste intrigué et la rappelle, lui proposant qu'elle soit son mentor, si un jour ils font une voie pas trop dure avec ses amis. Rien ne peut lui faire plus plaisir. Bien sûr, il l'attire déjà, elle n'a jamais eu l'occasion de séduire un si beau colosse. Son expérience amoureuse se limite à des papouilles d'adolescents, puis à quelques nuits où elle ne s'est pas sentie le courage de dire non. Après tout, il faut bien être comme tout le monde. Elle n'a pas vraiment pris plaisir aux choses de l'amour, et se persuade que tout cela n'a pas d'importance. Vivre seule est une façon comme une autre d'éviter les échecs qu'elle anticipe. Mais là, elle se sent à la fois flattée et déjà secrètement attirée. Elle s'ingénie donc à trouver des voies mixtes qui peuvent convenir d'un côté à un débutant et de l'autre à ses trois amis, qui se contentent d'échanger des sourires entendus.

Ça y est ! Elle en pince enfin pour quelqu'un, la madone des parois !

Six mois plus tard, ils emménagent ensemble. Leur relation, commencée comme une amourette de vacances, les fait rapidement exulter de corps et de cœur. Il la fait rire, elle l'impressionne. Elle a l'énergie à fleur de peau. Elle semble calme, réservée, timide même, mais se métamorphose sur une paroi ou quand ils font l'amour. Alors, elle hurle sans aucune retenue sous ses doigts. C'est une eau dormante, mais toujours prête à dévaler en cascade.

Passé la divine surprise de voir un si beau garçon s'intéresser à elle, Louise l'aime pour les nouveaux horizons qu'il lui apporte. Il est la joie, l'insouciance qu'elle n'a pas eues quand elle était « la petite ». Parfois, elle lui trouve des réactions d'adolescent attardé, mais, au fond, il a raison. Elle enfouit sa tête au creux de son épaule, il s'enflamme de paroles et de projets. Il donne de la lumière à l'existence.

C'est Ludovic, évidemment, qui évoque le premier le départ. A-t-il manqué de chance ou n'a-t-il pas été assez concentré, mais il a vécu deux loupés professionnels coup sur coup : un congrès où les participants ont mal mangé… rédhibitoire ! Un intervenant mal choisi qui a barbé la brochette de cadres pendant une séance d'incentive. On le lui a fait savoir sans ménagement. Il en conclut que ce job est casse-pieds. Il a avec un joyeux cynisme organisé des séances de paintball ou des week-ends en Corse, faisant mine de partager l'idée que c'est ainsi que l'on répare les dégâts de fusions hâtives d'entreprises. Il s'est honnêtement démené pour que les apéritifs soient à l'heure, pour qu'il y ait de belles images en fond de scène et des musiques gaillardes en fin de soirée. Mais il ne va pas passer sa vie à cela ! Le printemps pourri l'oblige à prendre le métro plutôt que son scooter et, un soir, il sent une vraie colère monter en lui. Colère contre cette masse amorphe dans le wagon où chacun cahote, les écouteurs sur les oreilles, le regard vide. Colère contre la buée vaguement rance qui s'échappe des corps humides pour dégouliner sur les vitres. Colère contre l'indifférence, la tristesse, la routine. Il observe les pardessus bruns ou gris, les coins de bouche qui tirent vers le bas, les mains agrippées machinalement aux barres d'inox. Il a la terrible sensation qu'un observateur extérieur ne le différencierait pas dans cette masse. Bien sûr, il peut continuer ainsi. Il aura un jour une maison dans le golfe du Morbihan, des vacances aux Antilles, des soirées arrosées, sans doute un poste de chef de projet, un ou deux enfants. Mais même cette dernière pensée ne lui met pas de baume au cœur. De temps à autre, en montagne ou en mer, il a eu l'impression d'effleurer la vraie vie. Il a en mémoire des minutes fugitives où il a éprouvé une concentration totale, sentant le bout de ses doigts trembler sur une prise trop petite ou vibrant jusqu'à la pointe des fesses en surfant sur une vague. Ce n'est pas un « dépassement de soi », le terme le fait sourire, mais la perception que, l'espace d'un instant, il habite totalement son corps. À trente-trois ans, en se retournant sur sa vie, il n'y a que ces instants qui restent gravés dans sa mémoire avec, évidemment, quelques extases amoureuses. Il faut bouger maintenant, et vite, bouger ou crever.

Ludovic met six mois à convaincre Louise. Pour elle, tout va bien. Dans la journée, elle s'immerge consciencieusement dans les méandres juridiques du centre de perception des impôts, le soir il lui tourne la tête. Elle s'est convertie avec plaisir aux petits restaurants, au cinéma, aux soirées de cocooning amoureux et même aux fêtes déjantées. Le week-end, il est devenu un grimpeur convenable et elle découvre avec plaisir la voile sur le bateau des parents de Ludovic. Pourquoi ne pas attendre tranquillement que son ventre s'arrondisse, un jour, qui ne presse pas.

Mais elle sent qu'elle doit céder. Il devient maussade et relance sans cesse la discussion. Ensuite, il use d'un stratagème qui exaspère Louise en commençant à raconter à leurs amis qu'ils vont bientôt partir. Depuis, il ne se passe pas une soirée sans que l'un d'entre eux lance d'un air moqueur :

« Alors, le grand départ, c'est pour bientôt ? »

C'est parce qu'elle a peur de le perdre qu'elle se laisse convaincre. Que risquent-ils ? Une belle et grande balade pour se régaler, et ensuite ils reviendront. C'est maintenant ou jamais, pendant qu'ils sont en forme et sans enfants. On ne peut pas être perpétuellement sérieux, il faut vivre, au moins une fois, intensément. Ce dernier argument la touche, il rejoint ses rêveries héroïques d'enfant. Dans une paroi, c'est ce qu'elle aime le plus, cette intensité qui vous fait vous abandonner aux sensations présentes. Ludovic lui a déjà apporté sa chaleur humaine, sa gaieté. S'il n'était pas venu la chercher, elle se serait murée, racornie dans sa solitude. Elle sait qu'au pied d'une voie dangereuse il est normal d'avoir peur, de refuser l'obstacle l'espace de quelques minutes. Il lui est arrivé de se demander ce qu'elle faisait là, le casque sur la tête et le piolet en main. Il suffit de se concentrer sur la technique et on se retrouve à exulter au bout de la corde. Elle dort de plus en plus mal et, une nuit, les choses lui apparaissent très simples : si elle n'accepte pas, si elle se dégonfle en préférant la routine, elle s'en voudra toute sa vie. Alors, elle le réveille pour lui dire tout de suite qu'elle accepte et se couper ainsi toute retraite.

Ils négocient ensuite à petits pas. Elle obtient qu'ils ne prennent qu'une année sabbatique. On verra après. Sur les dizaines de projets qu'il lui propose, ils abandonnent la traversée des Andes à cheval, celle de la Nouvelle-Zélande à vélo ou l'ascension de sommets au Pakistan.

Le mieux est un bateau et un tour de l'Atlantique. La route logique est celle des Antilles pour se faire la main, puis la descente vers la Patagonie qui promet d'être un paradis d'alpinisme, ensuite la traversée vers l'Afrique du Sud. À Capetown, on avisera. Il sera encore temps de mettre le bateau sur un cargo et de rentrer sagement travailler, mais on sera aussi aux portes de l'océan Indien et peut-être d'un tour du monde. Ils s'affrontent ensuite, parfois brutalement, sur la mise en œuvre. Il se moque d'elle qui veut naviguer en hiver pour s'aguerrir au mauvais temps. Elle le traite d'irresponsable quand il prétend que la balise de détresse est un investissement inutile. Le couple tangue. C'est devenu leur rêve commun qui les exalte maintenant comme une inaccessible étoile et chacun ne peut s'empêcher de le façonner à son image. Pendant un an, ils hantent les salons nautiques et les « semaines mers australes » organisées par les tour-opérateurs. Ils se font des relations, dont le fameux Hervé, vieux briscard du charter en Patagonie, qui les aide à dénicher le bateau idéal. De prime abord, ils ont trouvé le voilier lourdaud et ventru, tristounet dans l'arrière-cour d'un chantier vendéen, mais son nom, *Jason*, les a séduits. Vivre des aventures dignes de la mythologie, conquérir leur propre toison d'or, voilà exactement leur but ! Ce nom est un clin d'œil du destin. Avec Hervé, ils passent des soirées à décortiquer les cartes, les meilleurs mouillages, les chausse-trappes des williwaws. Ils parlent vent, froid, grosse mer, icebergs. Auprès des relations de Louise, ils récoltent plus de topos sur des voies d'escalade autour d'Ushuaia qu'ils n'auront jamais le temps d'en faire.

Un matin, avec ce délicieux serrement de cœur, ils laissent Cherbourg dans les nuages et partent sur le leur. Ils ont raison. Leur attelage fonctionne à merveille, lui parfois trop, elle parfois trop peu, mais s'épaulant l'un l'autre. Leur vie devient pleine comme un œuf. Au long des semaines, ils musardent dans un mouillage, jubilent en haut d'un pic, luttent main sur main dans une manœuvre. Chaque matin est une aventure, chaque jour différent, chaque soir les laisse repus de leurs découvertes et de leur liberté. Ce voyage n'est pas seulement de grandes vacances, ils y trouvent une exultation qui tourne en exalta-tion. Canaries, Antilles, Brésil, Argentine, plus ils avancent, plus le monde leur apparaît comme un magnifique terrain de jeu, complexe, étrange, émou-vant et jubilatoire. Ils adorent les azulejos décatis des ruelles de Lisbonne, la pluie les trempe lors de l'as-cension des 3 700 mètres du Teide aux Canaries, ils se gavent de dorades coryphènes en traversant l'Atlantique. Aux Antilles, ils fuient les marinas désenchantées de Guadeloupe et de Martinique, pour le charme de Montserrat ou une semaine de robinsonnade, seuls, sur les plages infinies de Barbuda. Ils chantent, dansent, halètent peau contre peau avec le peuple d'Olinda au Brésil et pleurent en enterrant Carnaval après quatre jours de délire, de sueur et de cachaça. Ils rient du vol de leur téléphone portable à Buenos Aires et se jurent qu'ils n'en rachèteront jamais. Au fil de la côte argentine, l'air se fait plus piquant, le ciel plus lumineux et le vent sans répit. Ils sortent les cirés de gros temps avec le sentiment voluptueux d'arriver dans le dur. Effectivement, deux coups de tabac à suivre leur laissent le dos brûlant de fatigue à la barre et le visage blanc de sel. Ils se font suffisamment peur pour qu'embouquer le canal de Beagle et s'amarrer au vilain ponton d'Ushuaia soit un pur bonheur. Là, ils côtoient des visages tannés qu'ils ont remarqués dans les magazines et qui les accueillent comme des marins. Ils en sont fiers. Pendant deux mois, ils se gorgent d'excursions dans le fouillis des vieilles forêts, réussissent de belles courses dans le massif de Darwin, s'adonnent au maté et au pisco sour, l'épouvantable alcool local. Ils font l'amour sur le pont un soir mauve où seul les trouble le grondement des glaciers.

Il y a tant de bons jours et si peu de mauvais. L'indécence de leur bonheur au regard du reste du monde ne les effleure pas.

Au fil des milles, ils s'aguerrissent, gagnent en expérience et en confiance dans leur *Jason*, n'hésitant plus sur une prise de ris ou un envoi de spi. Louise aurait peut-être pu s'en rendre compte, mais ils arrivent exactement au point que l'on sait dangereux en escalade ; quand on en connaît assez pour tout tenter, mais pas assez pour se tirer de tous les mauvais pas. Repartant de Patagonie pour gagner l'Afrique du Sud, ils savent déjà que le voyage ne s'arrêtera pas là-bas. L'océan Indien leur tend les bras et, plus tard, l'immense Pacifique.

Au passage, l'île défendue leur cligne de l'œil, une escapade de plus… Louise proteste mollement, mais ils plongent dans l'interdit avec l'entrain de galopins.

« Quelques jours, deux semaines au plus. On est tôt en saison, le meilleur moment pour voir les poussins de manchots ! »

Oui, ils ont eu raison sur toute la ligne, jusqu'à cette nuit de janvier.

Ils sont assis l'un contre l'autre, regardant la baie comme si, par miracle, quelque chose pouvait leur avoir échappé. Leur seul bien, le sac à dos, paraît minuscule, posé entre eux deux. Ils en connaissent exactement l'inventaire : deux piolets, deux paires de crampons, vingt mètres de corde, trois coinceurs au cas où, deux couvertures de survie, la gourde, le briquet, une boîte d'allumettes de survie, deux polaires, l'appareil photo, trois barres de céréales et deux pommes restant de leur dîner d'hier. Voilà tout ce qui les relie au monde d'avant.

Ludovic finit par tenter :

« J'ai faim. Pas toi ?

— Il reste des pommes et des barres. »

Louise a le ton rogue des mauvais jours. Elle a envie de l'envoyer balader. Manger ! Il ne fait que mettre le doigt sur le côté tragique de leur situation. C'est bien lui, cela, irresponsable, comme d'habitude. Il les a mis dans la mouise et maintenant il veut pique-niquer. Son expérience de la cordée la retient. Ce n'est pas le moment de se chamailler.

« Tu en veux ?

— Non, je n'ai pas faim. »

La voix est si glaciale que Ludovic n'ose pas sortir les maigres provisions.

« Vas-y, mange et profites-en, c'est la dernière fois. »

Louise lutte encore pour se contrôler, mais cette fois-ci c'est peine perdue.

« Allez, mange et on verra plus tard, comme d'habitude, on agit d'abord et on réfléchit après ! »

Ludovic se rebiffe.

« Oh ! Ça va la morale ! On ne va pas les regarder, ces pommes ! De toute façon, il va bien falloir qu'on trouve quelque chose à manger, ce ne sont pas deux pommes qui feront la différence.

— Je sais, mais j'en ai marre. C'est toujours la même histoire et c'est ce genre de comportement qui fait que nous en sommes là, maugrée-t-elle.

— Dis donc, je ne t'ai pas forcée à venir ! On a tout organisé ensemble. »

Voilà, leur peur se transforme en colère. Ils se disputent comme si de rien n'était, comme s'ils étaient confortablement installés dans leur canapé. Louise est saisie d'une angoisse. Ils ne sont pas seulement abandonnés sans feu ni lieu, ils sont condamnés l'un à l'autre, l'un avec l'autre, ou l'un contre l'autre. Quel couple résisterait à ce genre d'enfermement ?

Ludovic n'est pas loin de la même réflexion. Il n'ose plus sortir la nourriture du sac, se sent comme un gamin fautif et cette impression l'énerve au plus haut point. Au lieu de balancer des reproches, elle pourrait être positive, faire un effort. Il tente :

« La base, on peut aller voir s'il y traîne quelque chose ?

— Abandonnée depuis les années 1950, ça m'étonnerait !

— Mais on peut toujours essayer.

— Ok, essayons », concède-t-elle.

Ils prennent malgré tout de longues minutes pour joindre le geste à la parole. L'un et l'autre se sentent encore hébétés, habités de leur impuissance, d'un désespoir atone. Ils s'engourdissent dans une sorte de marécage de la pensée où tout leur paraît flou, incertain, inutile. S'arracher à la contemplation hypnotique de la baie vide, tenter quelque chose, agir, revient à accepter une réalité détestable. Briser l'accablement est un effort, presque une douleur.

Ludovic les tire de leur léthargie. Sa voix est lasse. « Allons-y. »

Deux heures durant ils errent dans la station, un véritable village.

Entre les poutres tombées, les tôles battantes et les planchers pourris, ils parcourent les ateliers de fonte de graisse, la menuiserie, les laboratoires.

L'île de Stromness figure sur les cartes depuis que M. de La Truyère, en route pour passer le Horn depuis Lorient, au mitan du XVIIIe siècle, s'est fait déporter par une méchante série de dépressions jusqu'à apercevoir des sommets enneigés émergeant de la brume comme un monstrueux dôme de crème Chantilly. L'île n'a ensuite pas eu cinquante ans de répit avant que les phoquiers ne viennent en maraude et ne débusquent otaries et éléphants de mer, que leurs esprits avides traduisirent immédiatement en barils de graisse. Pendant quelques décennies, de grands navires se contentèrent de mouiller dans les baies les plus sûres. Ils enfantaient leurs chaloupes qui partaient vadrouiller au péril de leur vie et s'en revenaient chargées à ras du pavois. Le navire amiral avait eu le temps de disposer les bouilleurs sur le pont et, de jour comme de nuit, on pataugeait dans la graisse fondue d'un côté, pendant que l'on dépouillait de l'autre. Quand tous les barils étaient pleins, que la douce fourrure d'otarie encombrait les cales, on remettait le cap sur l'Europe, laissant souvent de pauvres croix de marins malchanceux s'évanouir sous les coups de boutoir de la pluie et du vent.

Du stade artisanal, quand on combattait avec la lance et le harpon, on était passé au XIXe siècle à un stade industriel du massacre. On s'avisa alors qu'il était plus commode et surtout plus rentable d'établir sur l'île même les ateliers de traitement des carcasses et d'entretien des navires et des hommes. Par bateaux entiers, on avait apporté de quoi construire ces usines du bout du monde et loger les pauvres bougres qui n'avaient rien à envier aux gueules noires des Midlands.

Plus tard, les otaries et éléphants se raréfiant et les techniques aidant, on se tourna vers les baleines qui batifolaient encore jusqu'au fond des baies. À partir de 1880, des établissements permanents se transformèrent en véritables villages, mais sans femmes et sans enfants. L'hiver, des équipes restaient à l'entretien, l'été, les baies grouillaient de centaines de pêcheurs, ouvriers dépeceurs, chauffeurs, tonneliers et, dans leur sillage, des ferronniers, charpentiers, électriciens, mécaniciens, voiliers, contrôleurs, cuisiniers, même quelques curés, médecins et arracheurs de dents. Les navires approvisionnaient tout, du moindre boulon à la nourriture, et repartaient chargés de l'« or blanc » : graisse d'éclairage, lubrifiant pour l'industrie, peaux et fanons, ambre et chair, os...

Des stakhanovistes des Cinquantièmes s'enorgueillissaient de centaines de baleines tuées.

Le stock de matériel accumulé était impressionnant : des milliers de tonnes de bois, de ferraille, d'engins, de pièces détachées, venus par bateaux entiers, au cœur de cette île sauvage. Toutes distances abolies, à cette usine bien pensée et organisée pour le massacre des mammifères marins répondaient d'autres usines au-delà des mers, de ces machines dépendaient d'autres machines, comme dans un mouvement perpétuel. Par centaines de milliers, otaries, éléphants et baleines succombèrent. Le paradis animal se transforma en charnier. Tant fut efficace l'œuvre de mort qu'elle eut raison de la vie. Les animaux disparurent, la chasse périclita. Concomitamment, le développement de l'industrie pétrolière, des huiles de synthèse et des plastiques renvoya la chasse baleinière et phoquière au musée en compagnie des baleines de corsets que les femmes ne portaient plus.

Entre les deux guerres, les stations commencèrent à fermer. Les premières mesures de protection des espèces accompagnèrent le retrait des capitaux de cette industrie exsangue. L'automne 1954 vit les derniers départs. Les hommes s'enfuirent, laissant derrière eux ces villes fantômes, témoins de leur avidité, vastes poubelles à ciel ouvert, où seul le vent se chargeait d'effacer ces traces pathétiques.

L'exploration de la base apaise Louise et Ludovic. Ils ne sont pas si seuls, des hommes ont vécu là et qui sait ce qu'ils ont laissé derrière eux. Ils errent d'ateliers en dépôts, impressionnés.

Certains lieux, plus intimes, parlent de la fragilité des corps et des âmes de tous ces types qui n'étaient là que pour travailler : le fauteuil du dentiste, les ex-voto grossièrement sculptés de la petite chapelle, la photo d'un visage féminin quasi effacé par l'humidité sur lequel la punaise rouillée trace une larme brune. Ici il y a eu des cris, des ordres, des engueulades, mais aussi des rires, des moments de fête. Finalement, il s'en dégage une impression de gâchis qui porte à la colère. Des vies minables, des montagnes de déchets pour que l'on puisse graisser des machines et que Paris puisse s'appeler « Ville lumière » ?

Ludovic et Louise ne sont pas aujourd'hui d'humeur à s'interroger sur les modèles de civilisation. Leurs pupilles ne se concentrent que sur ce qui peut avoir une forme de vieille conserve ou de paquet de nourriture. Après deux heures de recherche, ils croient au miracle. Près du rivage, un véritable chantier naval a été monté. Il en reste une baleinière d'au moins vingt mètres tombée de son ber, quelques chaloupes et une collection d'hélices rongées par la rouille. Un bâtiment devait servir de bureau et, attenant, un vaste hangar qui réjouirait un ferrailleur : des centaines de caisses remplies de pièces détachées neuves, de moteurs entiers soigneusement emballés voisinent avec des racks de barres métalliques triées par taille et des armoires de boulons. Dans un recoin d'étagère, deux cartons aux inscriptions encore bien visibles les mettent en transe : « Survival Kit ».

Ils connaissent ces innombrables histoires de canots partant caboter, chassant les éléphants et les otaries sur les plages et les inévitables naufrages qui en découlaient. Des armateurs s'étaient-ils émus du danger ? Quelque fonctionnaire compatissant avait-il rendu obligatoire cet équipement dérisoire ? Dans chaque carton il y a dix paquets entourés de papiers goudronnés et scellés. À l'intérieur, sous trois protections en papier, des pains bruns et gras. Le goût est ignoble, entre la vieille farine et l'huile rance. Louise manque de le vomir, mais son estomac réclame ce que sa bouche refuse. Ils en avalent une demi-ration à eux deux, s'emparent des caisses et battent en retraite vers leur tanière de la nuit précédente.

Il s'est remis à pleuvoir, sans vent. Le clapotis de l'eau produit une musique mélancolique qui achève de les dévaster. Ludovic se force à rechercher des planches, ils rallument le feu et restent un long moment à s'absorber dans le mouvement des flammes, leur seul réconfort. Ils se sentent vides, sans volonté, sans solutions. Le jour des hautes latitudes baisse avec une infinie lenteur. Ludovic met toute son énergie à rompre le silence.

« Il y a forcément des équipes scientifiques qui passent. C'est une réserve naturelle, ils doivent venir faire je ne sais quelles études, compter les albatros ou les manchots. Et sûrement maintenant, à la belle saison.

— Sans doute, mais où est leur base ? Pas ici, visiblement. Cent cinquante kilomètres de long, trente de large, une île avec des glaciers infranchissables entre chaque baie, ils peuvent venir et repartir sans nous voir.

— On pourrait attirer leur attention, mettre un SOS sur les collines, fabriquer un mât avec un drapeau.

— Ok, mais ils ont intérêt à se dépêcher, avec ce que l'on a à manger on ne va pas tenir longtemps.

— Alors on chassera des phoques et des manchots. Au point où on en est, une amende de plus ou de moins... Un petit ragoût de manchots à la graisse, ça doit être comestible, on ne sera pas les premiers. »

Louise regarde longuement Ludovic, plonge ses yeux dans les siens, comme cherchant derrière la barrière des pupilles la source de cet étonnant optimisme.

« Je t'aime. »

Il la prend par la nuque et ils s'embrassent lentement, très lentement, comme ils l'avaient fait lors de leur premier baiser. Ce drame fait d'eux des êtres différents. Ils le sentent, ils le découvrent. Tout à l'heure, le ton est monté, mais c'était un mouvement d'humeur sans importance, le résultat de la panique qui les a saisis. Tant qu'ils seront ensemble, leur amour va les porter, les protéger. Là réside leur force : un homme et une femme, ensemble contre les milliers de kilomètres de désert liquide, contre la solitude, contre la mort. Ils se laissent envahir par ce besoin désespéré de l'autre, se pelotonnent dans le mauvais lit et font l'amour doucement, plus animés par la tendresse de parents berçant un enfant que par la frénésie des amants.

À 4 heures du matin, il fait grand jour. Louise a la tentation de se rendormir, de se serrer contre son géant. Fermer les yeux et, par magie, quand elle les rouvrira, ils seront revenus vingt-quatre heures en arrière et tout se finira bien. Mais non. Elle s'embrouille en réfléchissant aux petites causes qui provoquent de grandes conséquences : quelques mètres de chaîne en plus, une rafale qui passe là et pas ailleurs…

Ludovic remue, incommodé par la lumière. Lui aussi réfléchissait. Il faut faire face. Ils sont jeunes, intelligents, en bonne santé. Tant d'hommes ont survécu à des conditions bien pires. Ils ont cherché l'aventure, elle est là, la vraie, celle qui vous révèle à vous-même. Ils répondront présent. L'espace d'un instant, il s'imagine en train de faire, un jour, une conférence à une foule qui l'acclamera en une « standing ovation »…

Non, ce n'est pas le moment de rêvasser. Il repousse la couverture.

Ainsi commence leur vie de Robinson. Ils se lèvent à l'aube et s'activent avec énergie. Les querelles semblent derrière eux. L'épreuve, pensent-ils, va les réunir.

La base est un formidable atelier. Si on veut un marteau, une pince, un morceau de bois ou de tôle, il suffit d'aller « au magasin ». Ils bricolent un poêle en pratiquant une ouverture en forme de foyer et des trous de tirage dans un bidon de deux cents litres. Sur le dessus, ils réussissent à emboîter un tuyau pour fabriquer la cheminée qu'ils font sortir en cassant un carreau. Cela crée un courant d'air, mais la fumée ne leur rougit plus les yeux ni ne leur pique la gorge. Cet exploit les remplit d'optimisme. Ils réparent la porte, récupèrent un meilleur matelas, trouvent des gamelles, une table et des chaises. Plus tard, ils s'apercevront qu'à se jeter dans l'action il y a une sorte de déni. À cette époque, ils n'arrivent pas à croire vraiment à leur abandon. Inconsciemment, ils vivent avec l'idée que quelqu'un va venir, c'est une question de jours, de semaines tout au plus. Ils jouent à la dînette comme des enfants attendant que sonne l'heure du dîner. Ces activités leur permettent, toutefois, de garder le moral, elles les rassurent, elles éloignent la peur.

Pendant les jours suivants, ils s'aventurent vers l'extérieur de la baie, choisissent une colline bien orientée vers le large et disposent des pierres pour former un gigantesque SOS avec une flèche vers leur refuge. Ce travail est harassant. Il faut repérer les cailloux les plus blancs et les plus plats, souvent les déterrer à coups de barre de fer, puis les hisser à leur place. Ils travaillent le nez baissé, tournant instinctivement le dos au large, conscients que l'horizon plat, uniquement animé de houles et d'icebergs erratiques, est un démenti formel à leur espoir de secours. De là-haut ils scrutent, par acquit de conscience, la baie suivante, au cas où leur cher *Jason* apparaîtrait, couché sur le flanc. Mais il n'y a rien que d'autres falaises, des eaux semées de morceaux de glace et un entrelacs de ruisseaux, comme un maillage argenté qui se perd sur la plage. Ils notent avec plaisir une extraordinaire abondance de manchots. Le rivage est noir, un tapis de plumes, la mer crache et avale des fleuves d'animaux, les collines semblent animées de mouvements browniens. Il doit y en avoir des dizaines de milliers.

« Eh bien ! Le garde-manger est plein ! » plaisante Ludovic.

Les manchots ont été leur grande affaire. Malgré une exploration minutieuse, ils n'ont rien trouvé d'autre à manger dans la base. Ils ont été rapidement tenaillés entre la faim et l'angoisse d'en finir avec leur réserve. La solution s'appelle manchot, animal gauche et paisible. Il leur a fallu un moment pour mettre leur technique au point. Au début, ils les pourchassaient, mais les oiseaux finissaient toujours par trouver leur chemin vers la mer et disparaissaient. La technique consiste à leur couper toute retraite et à en pousser lentement un groupe, sans les effrayer, dans un recoin des bâtiments, puis taper dans le tas avec de lourdes barres de fer. Les oiseaux s'écroulent sans un cri. De temps à autre, l'un d'eux tente de leur piquer les jambes de son bec, mais il se fait cueillir d'un coup de pied rageur. Ils visent plutôt le manchot royal, de près d'un mètre de haut, plus avantageux en termes de viande que les petits papous, gorfous ou jugulaires. Ni Louise ni Ludovic n'éprouvent de remords, parfois même ils se sentent envahis d'une volupté morbide à tuer avec tant de facilité. Ils s'étaient extasiés sur les gracieuses têtes noires soulignées d'une tache d'un orange éclatant. Ils s'étaient attendris à voir les parents nourrissant leurs petits, avaient ri de leur dandinement grave. Mais c'était dans une autre vie, quand ils n'étaient que de passage. Maintenant, ils appartiennent à cet écosystème et, comme tout prédateur, prélèvent leur dû.

Plumer les oiseaux est une aventure. Impossible de les plonger dans l'eau bouillante, comme la grand-mère de Louise le racontait. Leurs efforts d'arrachage déchirent la peau et des restes de plumes leur collent au palais en mangeant. Finalement, ils apprennent à les dépouiller, regrettant au passage de perdre le bon gras adhérant à la peau. Malgré sa taille, même le manchot royal n'offre pas un fameux repas. Une fois dépiauté, il ne reste que les deux attaches des ailes, de chaque côté du bréchet, qui ressemblent à un blanc de poulet au fort relent de poisson. Ils les font bouillir avec un mélange d'eau douce et d'eau de mer pour saler et font semblant de s'amuser à donner des noms ronflants à leur pitance : « Petit émincé de blanc sans sauce » ; « Bouillon de carcasse aux restes de viande ».

Ludovic a lu que le chou local était un puissant antiscorbutique, mais son goût est si fort qu'il leur arrache la bouche comme du piment. Il faudrait le faire bouillir dans plusieurs eaux, ce qui est long et coûteux en bois. D'ailleurs, il en pousse peu autour de la base. Ils essayent ensuite les longues laminaires qui encombrent les rochers, ramassent des berniques. Ce n'est pas très nourrissant et tout finit toujours avec ce satané goût de poisson. À raison de quatre manchots par jour et par personne, ils apaisent leur faim, mais les animaux ne sont pas très nombreux dans leur baie.

Ils décident donc une expédition de ravitaillement dans cette anse qu'ils ont repérée. Par une belle journée, ils mettent l'annexe à l'eau et, à la rame pour économiser l'essence, passent trois heures à contourner la pointe dans leur ouest. Une odeur de déjections et de poissons faisandés les cueille loin au large. Sur la plage, le vacarme est assourdissant. Les animaux reviennent de chasser, le jabot gonflé d'une bouillie de poisson prête à être régurgitée pour nourrir leurs petits. Ils ne reconnaissent leur progéniture qu'au chant spécifique de chaque individu. Les arrivants errent donc en couinant, distribuant les coups de bec pour chasser les jeunes importuns, jusqu'à retrouver les leurs. Là, le parent qui est resté pour couver cède sa place et une ou deux boules brunes courent se blottir contre le nouveau venu, le bec grand ouvert. Çà et là des chionis, blancs comme des colombes, picorent dans les déjections et des skuas au profil de rapace tournent à basse altitude, prêts à se saisir d'un poussin égaré ou maladif.

Louise s'est avancée doucement au milieu de la colonie et la mer de plumes s'est refermée derrière elle. Dans cette petite société humanoïde, chacun vaque à ses occupations, soigne sa progéniture, la houspille d'un coup de bec, pique les cailloux du voisin pour son propre nid, se querelle, se courtise. Quelques-uns ont l'air de se promener, tout simplement, leur œil noir éternellement étonné ou pensif. Il règne une vague tiédeur de corps entassés. Louise a les larmes aux yeux sans bien savoir pourquoi. Est-ce simplement le spectacle de cette vie fragile qui se perpétue ainsi, dans ces confins glacés du monde ? Ou, plus profondément, la nostalgie de la foule, d'une masse de semblables avec qui partager ou contre qui se défendre ? L'espace d'un instant, elle envie les manchots et se sent profondément seule.

Un concert de piaillements dissipe sa méditation. Ludovic s'est jeté à l'assaut de la colonie avec l'avidité d'une faim mal apaisée. Chaque moulinet de son bâton assomme quelques oiseaux et les voisins s'enfuient en protestant. Il tape, tape, ses gestes empreints d'une frénésie presque sordide. Louise contemple cet homme sale, donnant la mort à tour de bras et, une seconde, la haine lui enflamme l'esprit. Relevant à peine la tête, il l'apostrophe :

« Allez, ne reste pas plantée comme ça ! Mets-les dans l'annexe et empêche les autres de filer à l'eau. »

Sortant de sa torpeur, elle s'exécute. Une demi-heure plus tard, une centaine d'animaux encombrent le petit bateau, une montagne soyeuse noire et blanche dont les plumes humides luisent encore dans le soleil.

« Arrête ! On va déjà avoir du mal à rentrer avec ce chargement. Ensuite, il faudra tout vider.

— On ne viendra pas là tous les quatre matins », grogne Ludovic en retournant à sa besogne.

Finalement, il jauge le tas qui recouvre entièrement l'annexe.

« Ok, on y va, maintenant on connaît la route du garde-manger. »

Le retour s'avère nettement plus périlleux que l'aller. Ils sont assis sur ce tas de viande morte qui leur glisse sous les fesses. Louise a l'impression d'entendre les chairs s'écraser et les os se briser. Ils doivent tendre toute leur énergie pour ramer. Le clapot traversier fait tanguer le bateau surchargé et les couvre d'embruns. Au bout d'une heure, il faut déplacer la charge pour écoper, quelques animaux glissent dans l'eau et, pour la première fois depuis le naufrage, ils se querellent.

Louise, dont la douleur à l'épaule s'est réveillée en ramant, serre les dents mais, au bout d'une autre heure, ils s'aperçoivent que le vent se lève vraiment et qu'ils ne gagnent qu'avec peine le rivage.

« Démarre le moteur, on n'y arrive pas, supplie-t-elle.

— Non ! On ne va pas gâcher l'essence, imagine qu'on voie passer un bateau, il faudra pouvoir y aller. »

Ils s'énervent une dizaine de minutes de plus, mais Ludovic finit par donner un coup de rame rageur sur le tas d'oiseaux morts.

« Merde ! »

Le bruit du moteur, ce bruit de civilisation, les apaise. En fermant les yeux, ils pourraient se croire en train de revenir d'une balade à terre, allant retrouver leur cher *Jason* pour se fourrer sous une couette douillette ou devant un bon repas.

Arrivés à terre, ils doivent encore transporter toute la cargaison dans le rez-de-chaussée de la bâtisse qu'ils occupent, pour l'abriter de la pluie qui s'est mise de la partie. Trempés et épuisés, ils ont à peine l'énergie de rallumer leur feu, dépouiller leurs quatre manchots quotidiens et attendre près d'une heure que l'eau bouille et que les bêtes soient cuites. D'ordinaire, Louise insiste pour qu'ils se lavent, ou plutôt se passent de l'eau tiédasse sur le corps à l'aide d'un vieux chiffon. Ce soir-là, ils se fourrent au lit, les vêtements et les mains encore imprégnés de sang et de plumes collées. Un sommeil de plomb les empêche d'entendre la sarabande qui se déclenche à l'étage en dessous.

Mais au matin, quand ils descendent pour s'attaquer au dépiautage des animaux, le bruit de leurs pas fait détaler des hordes de rats qui se sont gobergés toute la nuit. C'est un carnage. Des manchots ont été tirés dans la boue de tous les côtés, il traîne des viscères, des morceaux de peau, des têtes aux yeux rongés. Le tas d'oiseaux qu'ils ont si péniblement constitué semble avoir explosé de l'intérieur, répandant des amas visqueux. Quand ils approchent, un dernier rat surgit du cœur même de la masse sanguinolente, ses dents blanches éclatant sur sa fourrure noire brillante de mucus et de sang. Ils hurlent en chœur.

Tout cela pour ça ! Cette journée épuisante, ce massacre, pour nourrir ces bêtes immondes ! À travers la fenêtre sale, le soleil caresse trois animaux qui ont été épargnés. Couchés les uns contre les autres, les paupières closes, ils semblent dormir. Louise a envie de les prendre dans ses bras, de les bercer. Elle fond en larmes.

« Louise, ce n'est pas le moment de chialer. »

Ludovic s'est précipité vers le rat qui détale, puis se retourne vers le tas de manchots et y plonge les mains pour trier les animaux intacts. Il agit avec fureur, jetant les bêtes abîmées par terre.

« Allez, viens, au lieu de rester plantée là ! »

Elle le rejoint en reniflant et la journée se passe à trier, dépiauter et suspendre les corps, sur une tringle hors d'atteinte. Ils n'en sauvent qu'une quarantaine. Il faut ensuite ramasser, jeter les carcasses et nettoyer au mieux pour ne pas attirer à nouveau les rongeurs. C'est une corvée fastidieuse, ils doivent aller chercher de l'eau au ruisseau à cent mètres de là et frotter avec un balai auquel manquent la moitié des poils. Ils travaillent sans un mot, chacun reprochant mentalement à l'autre le désastre. Vers la fin de l'après-midi, Louise part à la recherche de quelques berniques pour varier le menu. Elle a besoin de s'extraire de cette tâche écœurante. La mer est basse, le sable sombre luit, le vent retrousse les vagues en panache de vapeur et blanchit la baie. Elle a froid, se sent misérable et abandonnée. Jusqu'à ce jour, elle a tenu à distance les souvenirs de sa vie d'avant, concentrée sur l'espoir de survivre, persuadée qu'ensemble ils en seraient capables. Tout d'un coup, elle n'en est plus sûre. Elle revoit son quatrième étage au centre des impôts, le bureau gris, les bacs de rangement en plastique, l'ordinateur, la plante verte maladive, le poster des Drus, l'odeur de café dans le couloir, les voix pointues de ses collègues derrière les portes en verre qui, à cette heure-ci, l'envient peut-être de se la couler douce au soleil. Tout remonte en elle en une bouffée qui lui crispe la poitrine, un paradis irrémédiablement perdu. Elle résiste à se représenter l'appartement, leur nid douillet qu'ils ont si bêtement abandonné. Pourquoi a-t-elle cédé à Ludovic ? C'est de sa faute, elle aurait dû être plus ferme. Elle a eu peur de le perdre, et voilà que maintenant ils risquent de se perdre tous les deux. Il continue d'être irréfléchi. S'ils avaient rapporté moins d'animaux, ils seraient revenus tranquillement à la rame et auraient eu le temps de les mettre en sûreté. Elle rumine ses pensées en arrachant les algues et sourit enfin en découvrant deux petits poissons abandonnés par la marée dans un creux de rocher. Puis il lui semble qu'ils sont comme eux, ces pauvres poissons, piégés, et qu'ils vont rapidement se faire dévorer par un goéland ou un skua. Eux-mêmes ont-ils un autre avenir ?

Quand elle revient, Ludovic a démarré le feu et scie du bois toujours avec la même fureur contenue, faisant voler la sciure. Lui aussi a réfléchi. Il faut passer à la vitesse supérieure, être plus agressif avec ce milieu qui ne leur fait pas de cadeaux. Il sent Louise indécise, apeurée. Leur déconvenue, c'est le métier qui rentre. Il faut retourner à la colonie, apprendre à tenir le coup à la rame. Et pourquoi ne pas s'attaquer aux otaries et aux éléphants de mer ? Il deviendra un homme nouveau, plus dur, plus sauvage, il se battra, se battra, se battra. Il répète le mot comme un mantra en donnant des coups de scie de plus en plus violents.

L'orage couve entre eux ce soir-là. Il éclate quand Louise veut laver sa veste et son pantalon souillés.

« Tu n'en as pas assez d'aller chercher de l'eau ? Et puis ça gaspille le bois de chauffage, rage Ludovic.

— Du bois, il y en a plein, et c'est moi qui suis allée chercher l'eau. Je n'ai pas l'intention de vivre puante en plus d'être affamée. »

Il explose : elle ne fait aucun effort pour s'adapter. Ceux qui ont survécu ici n'étaient sûrement pas aussi chochottes. Il reprend par le menu l'affaire des manchots pour lui prouver qu'ils auraient pu faire autrement avec un peu plus d'énergie. Le poêle qui est leur seule lumière lui donne un teint rougeâtre, plus colérique encore. Comme à son habitude, quand il est énervé, il parle autant avec les mains qu'avec les mots et son ombre gesticulante se projette comme un mauvais djinn sur la vieille peinture. Elle regarde les grandes mains s'agiter et note combien, en peu de jours, elles ont changé. Pleines de griffures et de bobos, elles ont enflé, les jointures et les veines saillent à les déformer presque. Sur ses poignets apparaissent des rougeurs dues au frottement permanent de sa veste mouillée et salée. Les morutiers de jadis appelaient cela le « p'tit chou ».

L'île les marque dans leur chair et ce n'est qu'un début. Que se passera-t-il s'ils tombent malades ? Cette mauvaise alimentation va-t-elle les affaiblir ? L'hiver va arriver… En l'écoutant d'une oreille, elle contemple la fumée qui s'élève des vêtements en train de sécher, une sorte de brume légère qui se dissipe à hauteur de la fenêtre sous l'effet du courant d'air. Mais il prononce une phrase de trop :

« Fais-moi confiance à la fin ! »

C'est comme si une petite pierre en se détachant provoquait l'écroulement d'un barrage tout entier. Elle ne voulait pas s'énerver, ressortir les vieilles histoires, ressasser des reproches, mais les mots lui sortent de la bouche, trop longtemps refrénés, des phrases dures, méchamment ironiques, comme elle n'en a pas prononcé : confiance ? Qui les a entraînés dans ce voyage inutile ? Leur a fait quitter une vie paisible pour se prouver on ne sait quoi ? A décidé de venir dans cette île par bravade ? S'est obstiné dans cette balade stupide quand le mauvais temps s'annonçait ? Jusqu'où devra-t-elle lui faire confiance ? Jusqu'à finir ici, dans ce taudis sordide, affamée, gelée ? Toute sa peur, tous ses regrets, son désespoir, la faim, le froid, l'absence d'avenir alimentent sa colère. Fini de jouer, fini le couple moderne et dynamique, il n'y a plus que deux êtres et la mort qui couve à petit feu devant eux. Sa voix tremblote, grince, s'envole dans les hauts. Plus elle parle, plus elle s'aperçoit qu'elle est incapable de se maîtriser. La raison lui commande de tempérer, de préserver cette entente indispensable. Cette colère est une première défaite, la première fissure du pacte d'optimisme qu'ils ont passé depuis le naufrage.

Ludovic s'est figé, abasourdi par le raz de marée qu'il a provoqué. Il aime polémiquer car il sait qu'elle modère chaque fois. Il en a même fait une stratégie, un jeu, en exagérant toujours pour obtenir un peu. Mais cette voix qui se vrille n'est plus un jeu. Louise crie comme une folle, bégaye de colère. Son visage devenu anguleux sous les privations, ses cheveux collés par la crasse rendent son corps plus mince, plus fragile mais renforcent paradoxalement ce discours implacable. Elle lui jette à la figure son inconsistance, sa médiocrité, sa bêtise. Pensait-elle tout cela depuis le début de leur relation ? Que fait-elle avec lui s'il est si nul ? Cette île, cette histoire ne sont-elles pas plutôt en train de les rendre fous ? Il fixe le sol, hébété, il se sent perdre pied. La confiance en leur destin se lézarde et ce constat dépasse ses forces.

La voix de Louise finit par se briser sur un sanglot et ils restent là, assis l'un devant l'autre, épuisés. Un silence irréel les enveloppe. Ce soir, il n'y a aucun vent pour tourmenter la base et la grande maison, juste le silence, comme s'ils n'étaient pas là, comme si l'île les avait déjà avalés.

La vie commune reprend, ils n'ont pas le choix. Ils n'éprouvent ni l'énergie ni l'envie de donner suite à la querelle. C'est plutôt le remords d'avoir dépassé les bornes qui domine. La veille, après être restés un long moment prostrés à côté du feu, ils se sont couchés, serrés l'un contre l'autre par l'exiguïté du lit. Finalement, sans un mot, ils se sont enlacés ou plutôt terrés comme pour résister aux peurs que cette scène a déclenchées. Au réveil, chacun a mis du sien par un contrat tacite. Rien n'est réglé, des mots ont été prononcés, entendus, qui ne s'effaceront jamais. Mais il faut faire bonne figure car la perspective de la solitude est pire encore que celle de leur mésentente. Leur relation est devenue comme une assiette de porcelaine, un objet de précautions et de soins exagérés. Ils se mettent à ponctuer leurs actions ou leurs décisions d'un « ça va ? », « d'accord ? », qui exagèrent leur bonne volonté réciproque, jusqu'à en être risibles.

Ils sont servis par un beau temps qui s'affiche durant toute une semaine. Leur détresse ne s'évanouit pas, mais elle se tempère. L'environnement apparaît moins hostile. Chaque matin, ils s'éveillent sous un soleil serein. La base reprend les couleurs rousses qui les avaient tant séduits le premier jour. L'intense éclairage souligne chaque dentelle de rouille qui se détache sur le bleu absolu du ciel. Les vieux bois ne semblent plus gris, mais argentés. La lumière fait ressortir l'invraisemblable enchevêtrement des ruines, les bâtiments écartelés, les énormes réservoirs comme saisis par une main de géant et disloqués sur eux-mêmes. Toutes ces choses sont empilées les unes sur les autres, avec des angles incongrus. De brusques surgissements, ici d'une tôle, là d'un madrier, semblent défier le temps. Dans les creux abrités de ce capharnaüm, des mousses vert fluorescent, des lichens jaune vif ou le mauve pâle d'une touffe d'acaena rompent avec le bicolore d'un univers ocre et gris. Dans la baie, l'océan aux couleurs émeraude près de la plage vire au noir dans les grandes profondeurs et reflète, en un pur miroir, les falaises brunes et les hauteurs semées de neige. Leur île resplendit et, malgré leur désarroi, ils goûtent cette beauté éphémère. Il règne sur tout cela un silence, seulement ponctué de l'appel d'un manchot, du gazouillis d'une sterne dans son terrier ou de l'éructation d'un éléphant de mer, les bruits rassurants de leur basse-cour australe.

En milieu de journée, il fait presque chaud et ils travaillent en tee-shirt. Cette vie entièrement dédiée à la recherche de la nourriture leur donne l'impression d'être revenus à l'âge de pierre. Au bout de cinq jours, les oiseaux qu'ils ont rapportés de leur première expédition se sont couverts de moisissure et ont commencé à empester. Têtus, ils y sont retournés, plus calmement cette fois, attrapant une cinquantaine de bêtes dont ils ont débité les muscles aviaires en tranches de magret. Disposés en plein air, à l'abri du soleil et des prédateurs à plumes ou à poils, dans une cage bricolée avec du grillage, la viande commence à sécher en noircissant. Ils sont fiers de leur combine et se voient déjà à la tête d'un véritable stock. Mais leur grand succès est de réussir à attaquer une otarie. Ils ont jusqu'à présent évité ces animaux agressifs en cette période de reproduction. Hervé les avait prévenus.

« Ces bestioles sont des pitbulls ! Elles vous foncent dessus et ça galope à terre plus vite que vous. Si vous vous faites mordre, c'est l'évacuation sanitaire. Ça s'infecte méchamment. »

Il avait bien fait de les alerter. Au premier abord, ce bel animal à la fourrure brun-beige soyeuse, avec ses grandes moustaches, ses minuscules oreilles et ses beaux yeux noirs, donne plutôt envie de le caresser. Ils s'aperçoivent vite que les groupes passent leur temps à se chamailler, femelles défendant leurs petits et mâles agressifs ayant tendance à confondre, dans leur vindicte, les humains avec des concurrents. Ils s'en sont donc tenus à l'écart. Au temps des baleiniers, elles avaient été pratiquement exterminées pour leur peau qui fournissait des manteaux chics et chauds. Depuis qu'elles sont protégées, elles ont réoccupé le territoire, bruits et odeurs à l'appui. Mais une otarie, même jeune, c'est plusieurs dizaines de kilos de viande garantis et de la graisse que Ludovic compte employer dans des lampes à huile.

Un matin, ils investissent donc la forge pour réaffûter d'antiques lardoires, utilisées pour dépecer les baleines, et partent en campagne. Ils ont en tête les gravures des livres d'aventures, où le chasseur brandit fermement sa lance et s'en revient, fiérot, ses proies suspendues à un bâton. Mais il y a loin pour transformer une contrôleuse fiscale et un chargé de communication en trappeurs. D'abord, ils ont peur. Avec les manchots, ils ne craignent rien et tuer un oiseau est anodin. Là, pour la première fois de leur vie, ils vont s'attaquer à un être vivant de grande taille, à un mammifère proche d'eux. La bête va se défendre, l'issue du combat est incertaine. L'éventualité d'un corps-à-corps les angoisse, leur répugne. Le courage physique ne s'apprend pas, il s'expérimente. Même Ludovic s'est peu battu dans la cour de récréation. Ils palabrent longuement sur la stratégie, reculant d'autant le moment de passer à l'action. Ils tentent des approches mais s'enfuient le cœur battant dès que l'otarie se dresse en grondant. Finalement, ils repèrent une petite femelle dans une encoignure. Dès qu'elle les voit, elle leur fonce dessus, poussant son gémissement nasal caractéristique. Il n'est plus temps de philosopher. Ludovic lui assène un grand coup dans le poitrail et Louise la frappe à l'arrière de la tête. Deux geysers rouges jaillissent et l'animal, déconcerté, émet un couinement. Avant qu'elle ne se ressaisisse, ils lui ont porté deux autres coups. La peur guide leurs armes en des gestes violents et désordonnés. L'otarie tente faiblement de se débattre, sa fourrure s'imbibe de sang et elle s'effondre d'un coup. Ils attendent d'être sûrs de sa mort pour la saisir, tremblant de soulagement et de fierté. L'opération de dépouillage n'est, ensuite, pas une sinécure. La peau part en charpie sous le couteau, mais ils recueillent des lames de graisse et des morceaux de viande très rouges, qui les font saliver. Ils terminent enduits de mucus et de sang de la tête aux pieds.

Cette soudaine avalanche de nourriture les rassérène. Certes, le goût de l'otarie est terrible et ce régime uniquement carné leur provoque de douloureux dérangements intestinaux, mais la crainte de la faim s'éloigne. Ce soir-là, alors que le ciel se couvre de nuages en forme de longues plumes, annonciateurs de changement de temps, ils s'installent côte à côte sur le haut de la plage, adossés à une vieille tôle. Un soleil tiède éclabousse de lumière les icebergs au loin, la baie est calme, le soir d'été adoucit les ruines et fait miroiter les traces de mica dans le sable, comme autant de paillettes d'or. Cette sérénité apparente leur donne le courage de faire le point et de passer définitivement, croient-ils, l'éponge sur leur dispute. Depuis qu'ils ont constaté la disparition de *Jason*, ils ont vécu au jour le jour pour se ménager le gîte et le couvert. Parfois, l'un ou l'autre, réveillé par le vent ou l'inconfort du couchage, s'est abîmé dans des réflexions angoissées. Ne pas les partager était une façon de les repousser. Agir au jour le jour, faire le vide dans leur cerveau sur les perspectives d'avenir leur a tenu lieu de stratégie. Aujourd'hui, la survie semble probable. Lentement, ils acceptent l'évidence : leur séjour risque de s'éterniser. Ludovic attaque par le genre de boutade qui lui est naturel.

« Il va falloir se creuser pour trouver des recettes différentes avec toute cette viande. J'en ai assez de l'aile de manchot bouillie ! »

L'idée d'une salade de tomates s'insinue dans l'esprit de Louise.

« Tu crois que ça va durer longtemps ? On va passer l'hiver ici ? »

Elle se tasse dans sa position favorite, enlaçant ses bras autour de ses jambes repliées, comme pour faire face aux grands froids à venir.

« Il y a bien quelqu'un qui va passer... un bateau scientifique...

— Arrête, on est fin janvier. S'ils devaient venir faire des comptages, ils profiteraient de la bonne saison. Ils seraient déjà là.

— C'est possible qu'ils fassent une tournée et qu'ils finissent ici ou dans la baie James, là où il y a la colonie de manchots. On les verra passer. »

Instinctivement, ils tournent leurs regards vers le large. L'horizon est clair, à peine brumeux, mais désespérément désert.

« On peut très bien les rater. Ils peuvent passer de nuit et ne pas voir le message sur la colline, insiste-t-elle.

— Non, on ne se balade pas de nuit ici. Si tu veux, on peut aller faire aussi une inscription dans la baie James. »

Ce raisonnement ne suffit pas à Louise. Cela laisse trop de place à l'aléatoire, aux caprices du destin.

« On pourrait essayer d'aller les chercher, leur base est forcément dans l'Est, reprend-elle. Dans l'Ouest, on sait que c'est impossible, il n'y a que des falaises ou des glaciers inaccessibles.

— Tu es folle, entre chaque baie, il y a un glacier "inaccessible", comme tu dis, et l'île fait près de cent cinquante kilomètres de long. On n'y arrivera jamais. Au moins, ici, on a un toit et on sait où trouver à manger. Il faut rester, il n'y a pas le choix. »

De leur recoin de côte, ils ne peuvent pas voir les hauts sommets. En approchant sur *Jason*, ils avaient admiré la calotte glaciaire immaculée qui s'étalait, semée de pics et d'aiguilles. De là coulaient les fleuves blanc-bleu, des glaciers qui partageaient l'île comme des quartiers d'orange. À cette époque, Louise avait frémi de plaisir devant toutes ces « premières », maintenant elle mesure la difficulté de s'y aventurer avec peu d'équipement et encore moins de nourriture.

« Alors, cela veut dire que l'on risque de passer l'hiver ici. »

Louise énonce enfin la sentence. Un long hiver de froid, de nuit et de tempêtes les attend. Comme pour illustrer son propos, le jour baisse. L'horizon qui s'était teinté de fuchsia devient mauve, puis gris et semble se figer. Comment est-il possible, à l'heure d'Internet, quand chacun est localisé, suivi, fiché, qu'ils puissent être si isolés, si seuls ? Comment une parcelle de la planète peut-elle y échapper si totalement ? Ils s'étaient demandé, avant de partir, s'ils emporteraient une balise de positionnement grâce à laquelle leurs proches auraient pu les suivre à la trace, avec un ordinateur et un code d'accès. Mais Ludovic s'était emporté, argumentant qu'ils cherchaient justement à vivre libres, loin de tous les *big brothers*, même familiaux. Et puis, l'escapade dans cette île interdite n'aurait pas été possible. Tout cela, ils l'ont voulu. Liberté, sécurité, responsabilité sont les trois pointes d'un impossible triangle. Ils ont versé vers la première, persuadés que les deux autres suivraient, que la technique les protégerait, toujours et partout. Mais les faits sont têtus et la réalité, la terrible, l'indifférente réalité a le dernier mot. Dans les aventures qu'ils avaient rêvées, à tout moment, un coup de téléphone par satellite, une carte bancaire garnie, un système de sauvetage bien rodé permettaient d'interrompre le jeu avant qu'il n'aille trop loin. Plus que la solitude, c'est l'éloignement du monde civilisé qui les dévaste. Combien de temps ici ? Six mois, huit mois ? Et si personne ne vient l'année prochaine ? Vont-ils passer le restant de leur vie dans la crasse et le froid, à assommer des animaux et à les dépiauter comme des sauvages ? Jusqu'à ce que mort s'ensuive ? La prison australe se referme sur eux.

« Moi, je vais y aller, à cette base scientifique, lance Louise. Il y a encore des journées de quinze heures, j'aurai vite fait. On a les crampons et les piolets, j'emporte de l'otarie et du manchot séché. Toi, tu restes ici. On double nos chances. Je suis sûre aussi que dans leur base il y a du matériel de transmission, une radio, un téléphone satellite.

— C'est bien trop dangereux ! » s'écrie-t-il.

La perspective de rester seul lui est insupportable.

« D'ailleurs, reprend-il, il faut être deux pour chasser, manœuvrer l'annexe. Et imagine que tu tombes, que tu te blesses. Écoute, au pire on passe l'hiver, si rien ne vient, on ira chercher au printemps, tous les deux ensemble. »

Chacun argumente, mais au fond Louise est effrayée de partir en solitaire. Même en montagne, elle n'a jamais rien tenté sans la sécurité d'une cordée.

La nuit tombe, les dernières lueurs soulignent de pâle les vieux bâtiments, qui deviennent menaçants. Un vent froid s'établit d'ouest, une tôle couine. Ils font retraite dans leur tanière.

Paradoxalement, prendre ce parti d'hiverner les libère. Ils ne se sentent plus soumis à l'attente. Dans leur tête, l'avenir revêt la forme d'un projet, d'un pivot autour duquel se reconstruire : s'organiser pour l'hiver et trouver un moyen d'évasion.

Ils sont saisis d'une frénésie à aménager leur logis. Ce ne doit plus être une tanière, un gourbi, mais une vraie maison. Ils le baptisent le « 40 », le numéro de leur immeuble du 15e, rue d'Alleray. Au rez-de-chaussée, la « cuisine » a repris du service et ils y préparent leurs prises. Ils y ont tendu des fils de fer où entreposer leur précieuse nourriture à l'abri des rongeurs. À l'étage, le vaste dortoir inoccupé se pare du nom d'« atelier ». Une table constituée d'une porte posée sur des briques leur sert à bricoler. On y trouve aussi la réserve de bois, leurs instruments de chasse, couteaux, pierre à aiguiser, barres de fer servant de gourdins, vieux sacs de jute pour ramasser les coquillages et les algues. Le saint des saints, l'ancienne mansarde du contremaître, est tout simplement « la chambre ». Ils errent souvent dans les ruines, récupérant un fatras de ferrailles et de planches. Ils s'étonnent de tout ce qui, quelques mois auparavant, leur aurait paru bon pour le rebut et qu'ils considèrent maintenant comme des trésors. Dans ce qui a dû être un laboratoire pour contrôler la qualité des huiles, ils dénichent de nombreuses bouteilles, des flacons et des pots en verre au cul épais, des bols en cuivre marqués de vert et de gris. Faisant laborieusement fondre la graisse de l'otarie, ils bricolent des mèches en tissu et fabriquent des lampes à huile.

Quand on pousse la porte de la chambre, le sol est couvert de chiffons censés isoler le plancher, à gauche deux vertèbres de baleine devant le poêle servent de tabouret et la fenêtre peut, la nuit, être obstruée par un semblant de rideau. En face, une série d'étagères contiennent la nourriture du jour, le matériel d'alpinisme, des outils, clous, vis. Sous les rayonnages sont casés le vieux bureau transformé en table et deux chaises. Dans le coin, à droite, le lit est protégé des courants d'air par une sorte de baldaquin en tissu mité qui leur donne, quand ils sont couchés, un sentiment de sécurité. Le tout pue la fumée, la graisse rance et l'humidité. Ils ne le remarquent même plus. C'est devenu leur odeur, l'odeur de leur vie.

Après leur chasse à l'otarie, ils ont cru la question de la nourriture réglée. Ils en sont loin. Tant que le temps s'est maintenu beau et sec, la viande a à peu près séché, mais elle se remet à pourrir à la moindre humidité. Ils doivent en jeter une grosse moitié après s'être quasi empoisonnés. Pendant deux jours, ils se sont traînés en vomissant. Ils essayent de la fumer, tantôt dehors, tantôt dans la cuisine quand il fait mauvais. Ils obtiennent un certain résultat au prix de beaucoup de bois et de longues heures à entretenir le feu. Ces difficultés engendrent d'interminables discussions pour savoir comment faisaient les gens autrefois, tous ces pionniers, ces aventuriers qui ont bercé leurs lectures. Sont-ils tous les deux particulièrement nuls ? Quelle sorte de savoir ont-ils perdu, depuis que les pénuries alimentaires n'ont plus cours ? Ont-ils la mauvaise chance d'être tombés sur une île moins riche en ressources naturelles ? Dans leur souvenir, les Robinson en tout genre ne passaient pas leur vie à chercher leur nourriture. Se remémorant les descriptions de phoquiers ramassant des centaines d'œufs d'albatros ou de manchots, ils en concluent que la vie sauvage est moins abondante à cause des prélèvements abusifs de leurs prédécesseurs. Il leur traverse l'esprit qu'en France aussi la chasse et la pêche se sont réduites à peau de chagrin et ne pourraient plus prétendre nourrir une population, laquelle serait également incapable de conserver des récoltes dans le sel ou le sable, comme ses lointains aînés.

Leur autre conclusion est que les anciens devaient manger peu et mal, alors que pour eux la nourriture a toujours été une évidence. Maintenant, la faim les accompagne tout au long de la journée et les réveille la nuit. Les crampes d'estomac, les salivations subites génèrent une tension et une frustration permanentes qui leur font parfois monter les larmes aux yeux. Ils ne s'y habituent pas, la faim les poursuit, un peu ou beaucoup selon les jours, insidieuse et incontournable. Un plat de pommes de terre fumant, avec juste une noisette de beurre et une pincée de sel ! Une saucisse aux herbes, saisie au barbecue ! Des pâtes au jambon ! Convoquer ces merveilles en pensée augmente leur fringale. Puis ils s'aperçoivent avec horreur que le souvenir même du goût de ces plats si courants les a fuis. Leur monde gustatif s'est rétréci autour du poisson plus ou moins rance, oiseau au goût de poisson, otarie au goût de poisson. Le reste n'est que littérature.

Ils maigrissent. Ludovic, dont les muscles fondent à vue d'œil, paraît plus grand encore. Louise, qui n'a pas grand-chose à perdre, semble au contraire se tasser et rapetisser, comme si ses membres, en la portant moins bien, la faisaient se racornir. Elle a fréquemment des vertiges, sans oser en parler.

Les jours raccourcissent. Le temps devient maussade, le ciel presque toujours gris, ballonné de poches sombres qui crèvent en pluies diluviennes. Ils rêvent de jours calmes, mais, chaque matin, ils entendent, depuis leur lit, la brise qui feule au coin de la maison et le clapotement d'une pluie lourde. Il devient de plus en plus dangereux d'accéder à la rame, avec leur frêle esquif, à la baie James, car ils doivent contourner une pointe en s'exposant à une houle qui déferle. Ayant exterminé tous les manchots devant chez eux, ils entreprennent de gagner la baie James par la terre. En suivant la côte, ils se heurtent à de grandes falaises suintantes de mousses. Passer par l'intérieur rallonge singulièrement la route. Ils s'élèvent dans la vallée qu'ils avaient suivie, le premier jour, puis obliquent à droite en jouant des pieds et des mains dans les pierrailles, redescendent vers une petite rivière, remontent et passent un col en plein vent. Enfin, ils affrontent cent cinquante mètres de désescalade périlleuse à flanc de falaise avant d'arriver aux manchots. Au retour, chargés d'animaux morts, ils patinent sur les roches mouillées et déchirent leurs blousons aux crocs de la paroi. En comptant une heure de chasse, ils effectuent l'aller-retour en sept heures et se retrouvent épuisés au « 40 » avec au maximum une trentaine de bêtes.

Une de leurs conquêtes remarquables tient à la récupération de vieux carnets dans le laboratoire. Des pages entières couvertes d'une écriture régulière, colonnes de chiffres, comptes rendus de massacres, contrôle qualité de boucheries, de tonnes de graisse qui, un jour, ont dû se convertir en bel argent. Les pages sont gondolées, piquées de taches brunes et de rouille. Des moisissures y ont tracé des rosettes éruptives, bleuâtres, rosâtres, verdâtres. Ce trésor leur rappelle l'ancien temps, les feuilles blanches et craquantes qui sortaient des ramettes, celles gaspillées par trois gribouillis que l'on lançait artistiquement vers la poubelle. Ludovic revoit les piles de prospectus non distribués que l'on faisait enlever par caisses entières. Louise soupire après les calepins sophistiqués où elle aimait tenir son journal, papiers apprêtés, bouffants, vergés, granités, sur lesquels il lui semblait que ses pensées s'affûtaient à l'unisson de leur support. Le papier passe au rang de joyau de la technologie. Ils fabriquent un stylet avec une baguette taillée et une sorte d'encre en mélangeant de la suie et de la graisse. C'est grossier, mais cela permet de noter de petites choses. Au dos des feuilles, ils constituent un journal et se chamaillent pour savoir quel jour il peut bien être. Chaque soir, c'est devenu un rituel de rendre compte des tâches effectuées en peu de mots pour économiser le papier :

6 février : fini la table de l'atelier.
12 février : abattu 32 manchots, début de fumage dans la cuisine.
21 février : perdu 10 manchots pourris, ramassé un sac d'algues et trois poignées de berniques.
23 février : cassé la lame du bon couteau, tué une otarie femelle.

Ces modestes écritures leur procurent un bien fou. Elles leur offrent à nouveau une histoire, les rapprochent d'une vie normale, civilisée. C'est vrai qu'ils ont tendance à y reporter plutôt leurs victoires que leurs défaites, plutôt leurs projets que leurs doutes. Inconsciemment, ils se laissent aller à imaginer qu'un jour quelqu'un lira ces lignes et ils aimeraient donner bonne impression. L'un ou l'autre a parfois envie d'accoler son nom à un exploit, mais ils se sont juré de ne jamais le faire, par solidarité…

N'empêche, ils rêvent tous les deux de tenir leur propre journal qui pourrait aussi servir de défouloir.

Le soir, serrés au coin de leur bidon rougeoyant, ils se racontent les bribes de lectures qu'ils se rappellent : les expéditions de Shackleton, Nordenskjöld et autres grands polaires. À certains moments, cela les galvanise et leur donne une infinie confiance en l'homme plongé dans le malheur ; à d'autres, au contraire, ils se désespèrent d'être si gauches et si faibles en comparaison de ces héros. Ils essayent aussi de se distraire en reconstituant des romans, des épisodes historiques, des géographies. Louise se piquait de littérature, mais elle est incapable de se souvenir précisément d'*Alice au pays des merveilles*, de raconter *Madame Bovary* ou *Le Rouge et le Noir*. Ludovic s'emmêle sur la liste des rois de France ou en dessinant la carte de l'Afrique. Toutes ces choses qu'ils ont apprises leur paraissent déjà si lointaines, quasi inutiles. Elles font partie de leur culture, de ce qui est censé leur donner les codes de leur société, mais ont-elles cours ici ? Les aident-elles à trouver leur nourriture, ou à se protéger de la maladie ? Pourtant, cultiver ces réminiscences est une façon de ne pas céder au désespoir, de se considérer toujours intégré à cette communauté humaine qui leur manque tant. Rester « normal » est une obligation, un viatique pour résister. Ils ne se le disent pas, mais ce qui remonte le plus à leur conscience, de ce monde d'avant, ce sont les éléments les plus infantiles, les comptines qu'ils se surprennent à fredonner, les images d'une promenade avec un grand-père, l'odeur de la bouillie au chocolat. Aucun n'ose avouer ces régressions, mais elles sont leur socle.

Dans la vie quotidienne, ils décident de fixer des règles, des principes, des rythmes, persuadés de tenir ainsi tout laisser-aller à distance. Le matin, ils s'obligent à sauter du lit à l'aube, à effectuer des étirements sous la direction de Louise, puis discutent d'une liste de travail. Il est interdit de dîner le soir tant que tout n'est pas mené à terme. Souvent, leur maladresse les contraint à finir à la nuit, à la lueur fuligineuse des lampes à huile. Ils établissent des tours pour la corvée d'eau, pour l'entretien du feu, de jour comme de nuit, afin d'économiser le briquet. Ils fixent même des sanctions pour celui qui ne remplirait pas ses obligations. Louise se rappelle le rituel familial du mois de décembre. On sortait un tableau de bois percé de vingt-quatre trous sur trois colonnes, une par enfant. Chaque soir, les parents, considérant les bonnes ou mauvaises actions de la journée, faisaient monter ou descendre des étoiles piquées sur des clous. Le père Noël était censé vérifier avant de déposer les cadeaux que chaque gamin avait porté son étoile en haut du tableau et pouvait prétendre à sa récompense. Bien entendu, on y arrivait toujours, acceptant toutes les corvées quand s'approchait l'échéance, pour mettre les bouchées doubles. Ludovic trouve cela puéril, mais, pour lui faire plaisir, il accepte. Le soir, après la toilette obligatoire, on répartit minutieusement la nourriture dans des bols ébréchés. Ils ont convenu que Ludovic, plus grand, a droit à une cuillerée de plus. Une partie de la soirée se passe en joutes oratoires sur leurs mérites respectifs dans la journée et se traduit par un clou rouillé qui grimpe sur une planche pourrie. Le dimanche sonne l'heure des comptes et le perdant écope d'une corvée d'eau supplémentaire. Louise insiste pour que le dimanche soit chômé. Ce jour-là est interdit aux activités productives, chasse, pêche, façonnage d'outils ; une sorte de « jour du Seigneur » austral, incongru pour ces deux mécréants. Ils traînent au lit, font distraitement l'amour, prenant bien soin de ne pas risquer de grossesse, et s'octroient une bouchée de ration de survie. Si l'on sort, ce jour-là, c'est uniquement pour se promener, remonter la vallée comme au temps de leur balade insouciante. S'il pleut, Louise s'adonne à des essais de tannage de peaux de manchot dont elle gratte minutieusement le derme pour l'assouplir. Ludovic sculpte du bois flotté en un bestiaire malhabile.

Petit à petit, ces rituels confinent à la superstition, déroger à leurs obligations serait déchoir à leurs propres yeux, rompre le contrat tacite et, qui sait, provoquer une justice immanente. Se forcer, s'obliger, se contrôler, se distribuer des bons et des mauvais points fait partie de leur apprentissage de ce monde nouveau. Le destin, qui pèse les âmes et les actes, ne sera clément que pour les méritants. Ces devoirs les aident aussi à structurer le temps, les maintiennent dans une tension du présent, leur emplissent l'esprit, leur évitent de s'appesantir sur l'avenir. L'examen de conscience, la fierté du travail accompli, les efforts justifient leur humanité, les distinguent des animaux, simples prédateurs, les éloignent de cette vie des cavernes qu'ils ont parfois l'impression de mener. Singer la société, c'est encore y appartenir. Entre ici et le 15e arrondissement, il ne doit y avoir que des questions de forme, pas de fond.

Il fait maussade, il pleuviote. Leurs anoraks, qui n'auraient dû servir qu'à une courte balade, se déchirent de partout et laissent passer l'humidité et le froid. Ils ont entrepris de récupérer dans un cabanon en bord de mer des planches pour le feu. Le bois est hérissé de vieilles pointes et ils se concentrent pour ne pas se blesser. Ils travaillent tête basse, sans un mot. Chaque jour, la fatigue physique et morale leur pèse un peu plus. À un moment, Louise se relève pour se masser les reins, elle est face au large. À l'ouvert de la baie, bien visible malgré la boucaille, un énorme navire trace sa route parallèlement à la côte. Elle croit une seconde à une hallucination, puis sent comme un barrage qui lui cède dans la poitrine, une chaleur qui l'envahit et la fait trembler, une bonne et douce chaleur.

« Lu… Ludo ! Là ! »

Elle se sent statufiée, n'a même pas la force de tendre le bras, mais ce n'est pas nécessaire, il éclate dans un ricanement nerveux.

« Yaouh ! Vite, à l'annexe !

— Non, attends, il faut faire un feu pour qu'ils nous voient. Je vais chercher l'essence. »

Ils sont tout à coup fébriles, éperdus, l'urgence leur bat aux tempes. Ils n'ont pas le temps de s'appesantir sur une stratégie. Quand ils avaient mis leur message avec les pierres, sur les collines extérieures, il leur avait semblé évident qu'un bateau passerait à proximité, le verrait et viendrait mouiller dans la baie. Ce bateau-là est loin, trop sans doute pour distinguer quoi que ce soit d'autre qu'une terre masquée par les brumasses. C'est un gros navire, plus de cent mètres, l'un de ces Cruise Ships qui emmènent les touristes en Patagonie ou en Antarctique. À travers le temps bouché, il ruisselle de mille lumières, qui soulignent, sur sa silhouette sombre et massive, les ponts, les coursives, les cabines. Un monde agréable, organisé, facile, doux. Là, juste sous leur nez !

Ils ont plusieurs fois croisé ces cathédrales flottantes pendant leur croisière, en se moquant des « pimpims » du troisième âge qui sirotaient leur thé derrière des baies vitrées alors qu'eux vivaient pour de vrai. À cette seconde, ils donneraient tout pour en être. L'angoisse les saisit. Et si le bateau ne les voit pas ? Louise se rue vers leur logement pour chercher le briquet. Ludovic, lui, file vers la plage et l'annexe. Quand elle ressort, elle voit qu'ils ne se sont pas compris.

« Arrête, Ludo, il faut faire un feu ! »

Elle le rejoint, le cœur battant. Où est le navire ? Ayant dépassé le milieu de la baie, il continue tranquillement son chemin. Oh non ! Reste ! Attends ! Tout en hurlant à l'adresse du bateau, elle plonge dans l'annexe pour débrancher la nourrice d'essence, avec laquelle elle compte allumer son feu. Mais Ludovic la rejette brutalement en arrière.

« Tu es folle ou quoi ? Il faut y aller, les rattraper !
— Imbécile, on n'y arrivera jamais, ils vont trop vite, ils ne nous verront pas. C'est un feu qu'il faut faire… »

Elle ne finit pas sa phrase, il est sur elle, la repousse vigoureusement. En une seconde, la parole et le raisonnement leur manquent. Ils luttent l'un contre l'autre, possédés par une rage brute, le visage déformé par la colère et l'urgence. Il est le plus fort, mais elle est sans pitié, mord, griffe, revient à la charge. Leurs corps soudés, leurs halètements rappelleraient des paroxysmes amoureux si leurs yeux ne brillaient pas sous cette haine soudaine. C'est de leur vie qu'il s'agit. Ludovic a finalement le dessus, il la repousse sur le sable où elle s'effondre en saignant du nez. Il profite de ce répit pour pousser la petite embarcation dans l'eau avec un grognement de triomphe. Dans sa hâte, il s'y reprend à trois fois pour démarrer le moteur… il a oublié d'ouvrir l'essence. Ses mains tremblent, il sent son cœur lui cogner dans la poitrine à lui faire mal. Le temps s'éternise. Enfin, le hors-bord hoquette et il file pleins gaz.

Louise, sonnée, rampe en geignant.

« Non ! Oh non ! Reviens. J'ai besoin de l'essence… »

Elle tape du poing, faisant s'envoler des pichenettes de sable, envahie d'une détresse intolérable. La violence qui a explosé entre eux la fait trembler. Si elle avait eu un couteau, elle le lui aurait planté dans le dos, à lui, l'homme qu'elle déteste soudain au plus profond d'elle-même. Elle sent la honte l'envahir, sans distinguer si c'est d'avoir perdu le combat ou d'avoir laissé ses pulsions, son cerveau limbique prendre le contrôle. Le bruit du hors-bord la ranime, elle bondit sur ses pieds et, serrant le briquet à s'en briser les jointures, fonce vers le tas de bois qu'ils étaient quelques minutes auparavant en train de détacher. Sans plus s'occuper des clous ou des échardes qui lui lacèrent les mains, elle rassemble les morceaux qui lui semblent les plus petits et les plus secs et tente d'y mettre le feu. Peine perdue, elle se brûle juste le bout des doigts. Elle ne veut pas regarder vers le large. Elle doit continuer à se concentrer. Peut-être, pour que ses passagers admirent le paysage, le Cruise Ship a-t-il ralenti ? Peut-être a-t-elle encore le temps de faire au moins de la fumée ? Hagarde, elle inspecte les alentours. Sur une planche, des vieux journaux ont été cloués, sans doute un semblant d'isolation. Elle les arrache, les allume en tremblant… Oh, mon Dieu, faites que… Elle n'a plus prié depuis qu'à dix-huit ans elle a annoncé à sa mère qu'elle ne croyait pas et n'irait plus à la messe. Miracle ! La flamme tremblote et se communique aux éclisses de bois. Elle soupire de bonheur. Avec des précautions de Sioux, elle ajoute des morceaux. En quelques minutes, un petit foyer couve de son œil rouge. Encore un peu et elle pourra ajouter les planches pourries qui dégageront une belle fumée. Elle se redresse.

Dans la baie, il n'y a plus rien. Ni navire ni annexe, rien que la brume et les silhouettes blafardes des icebergs.

Elle s'affale contre une terre trop froide pour exhaler la moindre odeur, se met à hurler. Son désespoir, sa haine contre cet abruti de Ludovic qui vient de tout gâcher, le contrecoup de la bagarre jaillissent comme un torrent convulsif. Elle se sent devenir folle. Couronnant cette confusion, la solitude s'abat comme une masse à lui faire craquer les os. Elle va mourir. D'ailleurs, ce serait mieux qu'une lente agonie. Qui la pleurera vraiment si Ludovic disparaît ? Ses parents, qui avaient vertement désapprouvé cette expédition, la jugeaient « idiote quand on a un bon métier »…

N'est-elle pour toujours que « la petite », quantité négligeable ? Son cri s'envole dans la baie déserte, enfle, s'éraille, retombe en sanglots, reprend, plus douloureux encore. Deux manchots effrayés s'enfuient en battant des ailes.

Ludovic à pleins gaz a atteint l'entrée de la baie. Là, il bute sur un mauvais clapot qui prend l'annexe de côté et lui fait réduire sa vitesse. Tant bien que mal, il se met debout, enlève sa veste et l'agite au-dessus de sa tête. Le navire s'éloigne. Allez, il y aura bien un matelot en train de fumer dehors, un touriste plus curieux que les autres. Il se souvient de cette histoire du type tombé à l'eau en Méditerranée qui avait été sauvé par le cuistot qui vidait des épluchures et l'avait miraculeusement aperçu. Le canot tangue dans tous les sens et le déséquilibre. Il faut qu'il y arrive, il n'a pas le choix. Il remet les gaz à pleine vitesse, écopant d'une main l'eau qui gicle à l'intérieur. Au bout d'une demi-heure, le Cruise Ship n'est plus qu'une lueur qui danse loin dans la grisaille. C'est inadmissible, c'est intolérable, mais c'est vrai. Il se sent comme un condamné modèle qui subirait inexplicablement une peine supplémentaire. La rage, la frustration, l'angoisse forment une boule qui l'étouffe. Ils se battent depuis des semaines, endurent cette vie de misère avec courage. Il a même essayé de continuer à plaisanter pour maintenir le moral de Louise, a abondé aux mille rituels ridicules qu'elle a instaurés. Tout cela pour quoi ? Pour que cette saleté de bateau vienne les narguer ! N'y a-t-il aucune justice ?

Brusquement, l'envie des choses normales et simples le submerge, ce monde sur le Cruise Ship, la douche, la musique tamisée sur le couvert bien mis, et plus loin, là-bas, derrière l'horizon, ces gens qui, à cette heure, rentrent chez eux, pestent dans les embouteillages, boivent un verre entre amis. Il veut son canapé et son ordinateur. Il veut le bruit des clés que l'on tire de la poche, l'odeur de l'oignon qui frit et même celle du métro les jours de pluie. Il veut…

Un grain fait disparaître son espoir à l'horizon, il est trempé et frissonne. La tête lui tourne. Il se voit, barbu amaigri, dépenaillé, sur ce boudin de caoutchouc dansant sur les vagues, humilié par sa propre faiblesse. Quand enfin il décide de faire demi-tour, il est bien tard. Même à petite vitesse, il manque plusieurs fois de chavirer. Il doit prendre la côte en oblique pour se stabiliser. Vu du large, le paysage est lugubre, camaïeu de noir et de blanc sale. Des vagues montrent les dents contre une terre sombre et désolée, parsemée de plaques de neige. Il arrête le moteur et se laisse dériver. À quoi bon regagner ce pays hostile ? Ne vaut-il pas mieux en finir maintenant ? La nuit va venir, le froid le prendra dans ses serres indifférentes, il va peu à peu s'insensibiliser et s'endormir. Arrêter de lutter, abréger ce cauchemar qui ne mène à rien. Dormir, dormir sans la faim, sans cette angoisse permanente du lendemain. Il se sent soudain si fatigué d'avoir lutté pendant des semaines. L'espoir ranimé par le Cruise Ship lui revient en boomerang et le dévaste. Il est épuisé, incapable de faire un geste, livré aux éléments. Il se roule en boule au fond de l'annexe malmenée par la houle et se met à rêvasser. Il voudrait du doux, du tiède, quelque chose ou quelqu'un de conciliant pour s'endormir, s'anéantir.

Voyons, quelle était la première fille qu'il avait embrassée ? Amélie ? Oui, elle n'était pas très jolie, mais les autres garçons disaient qu'elle voulait bien. Elle avait le menton en galoche, un grand nez, et lui aussi. Il se souvient qu'en approchant son visage il s'était demandé comment leurs deux appendices réussiraient à s'encastrer. Il avait trouvé fade le goût de sa salive. Il cherche un souvenir plus agréable. Louise. Il avait dû l'apprivoiser et cela l'avait rempli d'orgueil. Les premières fois, il la sentait se crisper quand il la pénétrait, prête à fuir. Alors il avait multiplié les préliminaires, petites caresses, arrêts soudains pour laisser le désir monter en elle, jusqu'à ce qu'un jour elle se mette à miauler comme un petit chat. Puis sa voix avait pris de l'ampleur, modulant de la plainte au chant et gagnant dans les aigus. Ce soir-là, il avait eu l'impression d'avoir tout compris de la féminité. Il aimait la prendre sur lui, voir ses petits seins tomber comme deux triangles. Sa Louise, sa petite, toute petite Louise. Il se met à chantonner :

« Petite, petite, toute petite… »

L'annexe dérive comme un poisson mort. Un pétrel géant, intrigué, tournoie un moment au-dessus de lui. Mais ce gros truc ne ressemble pas à quelque chose qui se mange.

« Petite, petite… »

Il a froid, pourquoi Louise ne vient-elle pas le réchauffer ? Elle est méchante, il a tant fait pour elle ! Un peu de chaleur, c'est tout ce qu'il demande. Louise a un mauvais fond, elle est sèche et dure, ne s'intéresse qu'à sa satanée montagne. S'il n'avait pas été là, elle serait restée vieille fille dans la poussière des impôts et avec ses abrutis de copains de cordée. Il a si froid, il faudrait vraiment que quelqu'un vienne le réchauffer. Si ce n'est pas Louise, c'est maman qui va venir. Maman si jolie. Il adore qu'elle l'emmène à l'école pour que ses copains la voient. Mais maman non plus n'est pas toujours gentille, elle est si débordée. Elle a son travail…

« Pas tant de bruit, Ludo, je sors de réunion, je suis crevée… sois gentil, fais attention, ne mets pas tes pattes sales sur ma robe… sois gentil, Irina va te garder ce soir, maman sort avec papa… sois gentil… »

Lui, il est toujours gentil. Il se recroqueville. Les embruns pleuvent sur le corps inerte et s'accumulent dans le fond en une mare qui oscille à chaque balancement des vagues.

Un grondement s'insinue dans son esprit, l'empêchant de dormir, cassant le fil de son rêve amer. Un bruit de cataracte cadencé, incongru, l'oblige à ouvrir les yeux. C'est l'heure entre chien et loup, l'interminable crépuscule des Cinquantièmes. Les rayons obliques perlent sous les nuages et s'accrochent à tout. Ils teintent d'or les coulées de mousses vertes, surlignant chaque ressaut de la falaise et les longues traînées blanches de déjections des oiseaux. Plus bas, un bouillonnement presque fluorescent de vagues s'écrase, gicle en hautes gerbes et repart en suçant la paroi, traînant derrière de longs filaments d'eau, comme des méduses. Il voudrait fermer les yeux, chasser cette vision importune, mais il ne peut pas, il ne peut plus. Cette falaise, à quelques mètres, sur laquelle le vent le pousse, c'est la mort. La mort, là, tout de suite. Il imagine son corps écrasé sur les rochers, les pierres saillantes lui déchirent la peau, les vagues l'asphyxient. Non ! Pas maintenant, pas ici ! Le petit esquif entre dans la zone mousseuse du ressac. Il est fatigué, si fatigué, mais il faut ouvrir les yeux. Il rampe vers le hors-bord, tirer sur le lanceur l'épuise. Le bruit de la mer est devenu vacarme et suscite en lui une telle peur qu'une force désespérée le ranime. Le moteur démarre et l'arrache au dernier instant au désastre annoncé. Dans l'obscurité grandissante, il se laisse filer le long de la côte, les vagues dans le dos.

Il navigue une bonne demi-heure, assailli de sensations bizarres. Il est mou comme au sortir d'une longue maladie, la tête lui tourne toujours. Il ne se rappelle plus exactement ce qui s'est passé, il revoit juste les lumières arrière de ce grand navire, dernier lumignon d'un feu qui s'éteindrait. Dans la nuit qui vient, il se surprend à trouver l'épisode amusant. Il se balade tout seul, sur cette côte inconnue. Le voilà libre. S'il ne tremblait pas comme un paludéen, il se verrait bien continuer comme les gosses qui traînent pour rentrer à la maison et jouent à se faire peur dehors.

La falaise s'ouvre en une fine indentation. Les nuits de fin d'été des Cinquantièmes ne sont jamais totalement obscures. Un filet blafard court encore à l'horizon et lui permet de voir le tapis de velours noir des eaux lisses et protégées. Il s'y engouffre et, quelques minutes plus tard, l'hélice cogne contre les galets d'une plage minuscule. Il saute à terre, s'assoit sur le sable froid et tente de reprendre ses esprits. Ça y est ! Ça lui revient ! Ils ont vu ce grand navire et lui l'a poursuivi sans succès. Louise, pourquoi n'est-elle pas avec lui ? Son esprit gomme le souvenir de leur algarade. Trempé, il tremble de tous ses membres. Il faut la rejoindre, coûte que coûte, elle doit être morte de peur de se retrouver seule, à moins que ce ne soit lui que la solitude panique.

Au fond d'une combe étroite, un ruisseau dégringole au milieu d'une falaise quasi lisse. Il tire vaguement l'annexe sur les cailloux et entreprend de le remonter en s'accrochant aux aspérités glissantes. L'eau glaciale lui ruisselle sur les mains et les tétanise. Il a le sentiment d'être dans un film au ralenti, se hisse, glisse, repart. De corniche en ressaut, il finit par rejoindre un plateau. Le mauvais temps s'éloigne. Il reste des nuages déchiquetés qui laissent apparaître une lune quasi pleine, d'un blanc céruléen. Elle fait exploser de blancheur les zones enneigées et exagère les ombres. Chaque colline, chaque dent de pierre, le moindre caillou en devient plus immense et plus angoissant. Les clichés de cinéma le poursuivent : *Nosferatu le vampire*, *Les Hauts de Hurlevent*. Le gros plan sur la lune que masquent les nuages signale que les ennuis du héros commencent. Dans le script, il doit marcher, marcher dans ce désert de pierrailles. Quelque part, quelqu'un va crier « Coupez ! ».

Les lumières vont se rallumer, on va lui apporter un thé brûlant, une couverture, lui dire qu'il a été bon et qu'on garde la prise. Mais non, rien ne se passe, il marche toujours. Il n'a plus qu'une idée : Louise.

Au jugé, il suit la côte. Une heure ? Deux ? Trois ? Il sait seulement qu'il a froid et parfois envie de se coucher en chien de fusil, juste un moment, pour se réchauffer. Mais non, il y a Louise. Elle ne va pas être contente parce qu'il est en retard pour dîner. Brusquement, le plateau s'interrompt en un tapis noir d'encre : la baie, leur baie. De l'autre côté, il voit luire sous la lune les ruines de la station. Il imagine les milliers de nuits que ces restes ont passées ainsi, dans ce froid nocturne, ignorés, délaissés, s'enfonçant dans la destruction.

Une heure ? Deux ? Trois ? Il faut désescalader à tâtons, patauger dans les mares de la plaine alluviale.

Ça y est, le « 40 », l'escalier, la porte, le lit.

Louise hurle devant ce clochard aux yeux fous qui s'abat sur elle.

Le lendemain, ils ne se lèvent pas. Le jour monte, un rai de soleil fait un moment danser la poussière. Il règne un silence mortifère. Ils ont eu si peur de se perdre qu'ils se sont rivés l'un à l'autre, dans la nuit. De leurs deux corps soudés monte une légère vapeur.

Quand elle était revenue de la plage, Louise s'était mise au lit directement, incapable d'autre chose. Au bout d'une heure ou deux, elle s'était forcée à se relever, à retourner sur le rivage qui s'enténébrait. Elle avait été saisie du même genre d'angoisse que lorsqu'ils avaient constaté la disparition de *Jason*, mais, cette fois-ci, c'est Ludovic qui manquait à l'appel. Cette inquiétude occultait les souvenirs de la bagarre et sa colère. En hâte, elle avait escaladé la colline aux inscriptions, mais, au large, seul l'océan déroulait son tapis gris-vert. Rentrée au « 40 », elle s'était remise au lit pour lutter contre le froid. Veiller au coin du feu aurait été presque inconvenant en son absence. Manger, elle n'y pensait même pas. Ludovic était là, quelque part dans l'obscurité qui venait. Il n'avait bien sûr pas réussi à rattraper le navire. Il s'était noyé ? Sa peau déjà se boursouflait, se ramollissait, devenait une proie, une chair, une viande anonyme ? Il était quelque part sur la côte ? Blessé ? Son impuissance la taraudait. L'attente était exaspérante. Finalement, dans une semi-conscience, elle avait entendu les pas chancelants dans l'escalier. Il était revenu.

Sous les couvertures, ils baignent dans l'humidité tiédasse des vêtements qu'ils n'ont pas quittés. Le long du dos, du cou et de la tête, ils sentent le froid extérieur, repoussant, agressif. Tout s'est enchaîné si vite hier. Ils en sont encore épuisés de corps et de cœur. Le temps passe, ne passe pas, ils ne savent plus. Ils émergent de leur torpeur à contretemps l'un de l'autre et se laissent aller à replonger. Tout est trop froid dehors, trop dur.

Louise a finalement un sursaut. Elle s'extirpe. Tous ses muscles la malmènent, comme si elle avait été battue. Elle a besoin d'air, de dehors, de respirer librement. En sortant, une petite bise aigrelette lui procure un premier apaisement. Elle a tant aimé, en montagne, ces vents qui vous coupent le visage. Elle s'oblige à marcher, à se remettre en mouvement. Elle arpente la plage, tâchant de faire le vide : un pas, un autre, un autre encore. Les laminaires séchées craquent sous ses chaussures, des vaguelettes chuintent, un goéland criaille. Elle laisse ces bruits lui envahir le cerveau. Bruits intimes de la vie qui va son cours et dont elle fait partie. Elle se concentre sur la sensation de ses plantes de pied. Ses souliers déglingués lui racontent le sol : sable sec et mou, sable dur léché par la marée, cailloux, boursouflure d'un coquillage. Talon, pointe, talon, pointe, elle pose ses pieds sur la terre, une toute petite planète au sein du cosmos. Le vent lui pique les mains : *Homo sapiens*, mammifère omnivore, homéotherme. Hier, un lien s'est brisé qui la retenait au monde normal, celui du 15e arrondissement, des lumières de la ville, des appartements chauffés, de l'eau courante. Y penser est douloureux, comme un amour perdu, mais si elle ne fait pas son deuil, il n'y aura pas de place pour autre chose. Autre chose ? Mais quoi ? Elle se sent ballottée par les événements, à l'image de la fine carapace de crustacé qui caracole à ses côtés, sous la poussée du vent. Rebondir ! L'un des maîtres mots de notre époque déboussolée. Rebondir après un divorce, malgré le chômage, la maladie. Les journaux étaient pleins de ces exemples de gens ayant une foi quasi mystique dans leur avenir, phénix modernes se réinventant un travail, un toit, une place sociale. Ce qu'elle éprouve doit ressembler à ce que vivent les Afghans perdus dans les villes européennes : un désespoir incrédule, une impuissance irrémédiable.

Elle n'a jamais été suicidaire. D'ailleurs, elle ne l'imagine même pas. Un bout de ferraille rouillé avec lequel se déchirer les veines ? Une corde froide autour du cou ? Cela lui donne le frisson rien que d'y penser et déclenche un sursaut animal. Ses allers et retours ont creusé un fin sillon sur la plage. Elle est là, encore vivante, il faut continuer, jusqu'au bout.

En revenant au « 40 » elle est presque rassérénée. Quand elle entre dans la chambre, l'odeur de la fumée froide la cueille. Ludovic n'a pas bougé. Il a rabattu la couverture sur sa tête, ne formant plus qu'une protubérance inerte sur le lit.

« Ludovic ? Ludo ? Chéri, tu m'entends ? »

Elle s'assied sur le lit, rabat la couverture et prend son visage dans ses mains. Les larmes ont laissé des sillons clairs sur la crasse de ses joues. Ils parlent longtemps. D'abord, elle monologue, peu à peu, il risque des borborygmes, des syllabes. Il ne croit plus à rien. Il est fini, foutu, ils sont nuls, ils vont crever là et c'est aussi bien. Tout est sa faute, le voyage, l'île, la balade, le Cruise Ship, il lui demande pardon. La voilà en consolatrice, forçant la voix, sans y croire, dans des tons enjoués, réfutant, encourageant, stimulant, comme une mère. Elle n'éprouve ni colère, ni pitié, ni tendresse, elle veut juste qu'il se lève pour ne pas la laisser seule.

Finalement, il a faim.

Pour Louise, l'impression est nouvelle. Jusqu'à présent, elle s'est glissée dans les interstices de la vie des autres, ses copains de cordée, ses collègues, Ludovic. Lorsqu'on est « la petite », on donne son avis poliment si on vous le demande. Louise est avisée, on aime lui demander son opinion. Elle répond, c'est tout. Ses rêveries d'enfant lui reviennent en mémoire. Dans les histoires qu'elle se racontait, c'est elle qui avait le beau rôle, elle était l'héroïne, admirée ou combattue, mais actrice de sa propre vie. Pourquoi a-t-elle démissionné de ses rêves ? Quand elle a admis qu'il était préférable de ne pas devenir guide de haute montagne ? Quelle lâcheté lui a fait renoncer à ses idéaux et se contenter d'être en tête de cordée quelques heures par semaine ? Dans la vraie vie, elle se trouvait souvent incompétente et préférait voir les autres décider pour elle. Aujourd'hui, elle n'a plus le choix.

Ludovic, lui, traîne les pieds. Quelque chose s'est brisé au fond de lui. Une sorte de pendule incontrôlé le fait osciller de l'optimisme au pessimisme, son humeur est aussi changeante que les nuages qui défilent, éclairent ou assombrissent la baie. Par moments, il se voit triompher, revenir à la civilisation après des épreuves homériques. L'instant d'après, tout cela est vain. Il est trop nul. S'il le pouvait, il resterait blotti sous les couvertures sales. Rester là, rêvasser, fuir en dormant, attendre. Se lever est une souffrance. Retrouver la lumière grisâtre, l'humidité, les mille bobos qui tourmentent son corps affaibli devient insupportable. Il se met à détester ce « 40 » qu'il a aménagé avec tant d'énergie. Rien que ce nom ridicule lui est insupportable. Il lutte, se lève.

Louise le comprend. Assis sur leurs vertèbres de baleine, devant le poêle qu'elle fait ronfler au rouge, ils parlent à voix basse, comme s'ils échafaudaient un plan secret. Elle tente le tout pour le tout :

« On va construire un bateau, retaper la baleinière qui est à sec au chantier. Elle n'est pas en si mauvais état.

— Tu es folle, nous sommes à 2 500 milles de l'Afrique du Sud et à 800 des Falkland.

— Et alors, à 2 nœuds de moyenne, c'est jouable. Les Falkland sont contre le vent, mais l'Afrique du Sud en un mois ou un mois et demi, c'est possible. Souviens-toi, Shackleton et sa traversée depuis l'Antarctique.

— Ok, mais nous ne sommes pas Shackleton. Et la nourriture ? L'eau ?

— Écoute, on prend notre temps. On se donne l'hiver pour faire les travaux, accumuler les vivres. Il faut qu'on se secoue, Ludo. »

Elle s'enflamme. Le bateau, elle le lui décrit, ses flancs arrondis, la petite cabine, un mât et des voiles bricolés. Ce sera *Jason 2*, leur deuxième chance.

Il la revoit dans le TGV, la toute première fois. Ses yeux qui se piquaient d'étoiles, comme aujourd'hui. Décider quoi que ce soit lui répugne. Mais elle s'entête, s'évertue, comme un bon petit soldat. Elle est pitoyable, dans sa veste dont le bleu pâle n'est qu'un souvenir sous les traces de boue, la tignasse collée par la crasse, les mains couturées d'estafilades, repartant à l'assaut comme un poilu de la Grande Guerre. Elle argumente autant pour se rassurer que pour le convaincre. Ludovic cède, par impuissance, avec un zeste de fascination pour cette fille maigrelette à l'énergie infinie. Prendre une décision est un soulagement.

Il se souvient des images pieuses que sa grand-mère lui montrait. Un embranchement avec deux voies s'ouvrait : le chemin du paradis commençait par des broussailles pour s'adoucir peu à peu, alors que la route qui paraissait sûre au premier abord conduisait en enfer. Bêtises judéo-chrétiennes ? Superstition sacrificielle ? Qui sait ? Au point où ils en sont…

La baleinière gît sur le terre-plein du chantier, comme un monstre endormi. Un vent mauvais l'a tourmentée jusqu'à ce qu'elle défonce ses bers de mise à l'eau. Le bordé tribord a cédé sur près d'un mètre carré lorsqu'elle s'est avachie. Neuf mètres de long, trois de large, ses flancs encore garnis d'un gros cordage de chanvre doublé de caoutchouc indiquent qu'elle devait servir de bateau-pilote. Elle accostait les navires de pêche et les guidait vers le quai. De nombreuses planches sont disjointes et des rubans d'étoupe ratatinée s'en échappent comme des poignées de vers.

Le chêne épais a grisonné sous les ans, s'est couvert de coulées de rouille et de fientes, mais inspire encore confiance. Sur le pont, la superstructure de la cabine est ouverte à tous les vents. Dans le trou d'homme qui servait de poste de pilotage, la barre n'est plus qu'une tige dorée par la rouille. À l'avant, la vie a repris ses droits. Dans chaque interstice, des fétuques ont germé, couvrant la proue d'une chevelure paille. Des cormorans s'en sont emparés en tricotant les herbes en hauts nids. De leurs yeux bleu roi rehaussés d'un pompon orange vif, ils scrutent les intrus d'un air inquiet et s'envolent à regret. Louise en profite pour estourbir les poussins en vue de la gamelle du soir. L'intérieur est dévasté, rempli d'eau croupie. On y trouve encore une table et un banc solidement vissés et des placards branlants, tout gluants d'humidité et noircis de champignons. Un bloc de rouille ne mérite plus le nom de moteur.

Bizarrement, le travail monumental pour faire de cette épave un bateau capable d'affronter les mers du Sud requinque Ludovic et tempère son sentiment d'échec. Son enthousiasme s'est envolé mais au moins admet-il de se mettre sincèrement au travail. L'activité l'absorbe, il s'y réfugie. De sujet passif, accablé, le voilà qui redevient acteur. Louise veille sur lui comme une infirmière accompagnant les premiers pas de son patient.

Durant une semaine, ils s'escriment à redresser le navire pour dégager la partie abîmée. Ils enfoncent de larges coins à coups de masse, étayent avec des madriers qu'ils traînent péniblement. Chaque millimètre gagné est une victoire, un pas vers la liberté. Leurs capacités de bricolage sont plus que limitées. D'ordinaire, ce qui est cassé se jette. L'expérience de Ludovic se limite à quelques cabanes dans les arbres et l'entretien de son vélo, celle de Louise est nulle. Clouer des planches sur le trou n'est pas une sinécure. Chaque outil dont ils ont besoin exige déjà des heures de travail. Il faut le retrouver, le remettre en état, le gratter, le dérouiller, l'affûter. Ils s'en servent mal, dérapent, dévient, tordent, cassent. Souvent une tache de leur sang brunit le bois ou la ferraille.

Être aussi gauche les déroute. Ajuster deux planches, planter un clou droit paraît si simple, de ces choses que l'on sait normalement faire d'instinct, comme la bicyclette. Ils en découvrent la complexité, les imprévus et les chausse-trappes. Sont-ils si nuls ?

Les pionniers, héros de leurs lectures, semblaient expédier l'affaire d'un trait : « Nous construisîmes une cabane » ou : « Avec les restes du navire, nous fîmes une chaloupe. »

Louise se souvient de son père qui, par souci d'économie, avait lui-même construit les placards de la boutique. Tout paraissait évident. Au final, les étagères étaient droites, les portes fermaient et les tiroirs coulissaient. Elle se rend compte que ni elle ni même ses frères n'auraient eu l'aptitude d'en réaliser la moitié. Incapables de tailler un biseau régulier pour jointoyer les planches, ils se résolvent à clouer le bois par l'extérieur du trou qu'ils doivent boucher. Ils façonnent grossièrement des lattes pour épouser l'arrondi du bordé, avec les rabots qu'ils ont exhumés dans la menuiserie. Mais les planches rebiquent, arrachent leurs clous, se fendent sous les efforts. Finalement, ils utilisent des boulons, mais le résultat est pitoyable. La coque à tribord présente une boursouflure digne d'une joue taraudée par une infection dentaire. L'ensemble n'offrira aucune étanchéité et l'idée de calfater les remplit d'un abîme de perplexité. Ils ont quelques vagues souvenirs des histoires où des frégates abattaient en carène pour cette délicate opération et s'en veulent d'avoir passé trop vite sur ces descriptions qui paraissaient fastidieuses. Le gouvernail leur pose aussi un problème insurmontable. Les ferrures rouillées se sont soudées les unes sur les autres et il n'est plus question de mouvoir le lourd appendice.

Ils pourraient se décourager. Dans la vie normale, ils auraient depuis longtemps abandonné, laissé de plus compétents qu'eux agir à leur place. Mais travailler est une forme de rédemption. Ils retrouvent la camaraderie qui avait animé leur navigation. Les voilà luttant, épaule contre épaule. Les plaisanteries font leur retour. Timidement, ils acceptent à nouveau de se moquer d'eux-mêmes, de leur maladresse, de leurs espoirs. Le matin, ils vont « au travail », comme tout le monde. Le soir, au milieu des copeaux blonds, le dos en feu d'avoir trop porté, le visage sillonné de rides de crasse, ils commentent la journée, planifient la suivante. Ce semblant de retour à la normalité les rassérène plus que tout, les réunit. Il n'est plus rare, le soir, que l'un ou l'autre glisse une main sous les haillons de l'autre et qu'ils se laissent emporter, dans leur corps à corps, loin de la bâtisse humide.

Le chantier avance lentement car ils doivent encore et toujours courir après la nourriture.

L'automne prend possession de l'île. Le matin, le froid leur pique le visage et les mains. Dès qu'ils arrêtent de s'activer, ils frissonnent dans leurs vêtements déchirés. Le mois de mars a dû débuter, le moment qui, dans leur vie parisienne, signait le renouveau, sentait déjà les projets de vacances. Ici, les jours raccourcissent et le paysage s'enfonce dans le gris. Ils n'ont pas d'autre choix que se forcer, jour après jour, qu'il vente ou qu'il pleuve, à chercher leur pitance et alimenter le fol espoir qui les réunit autour de la baleinière.

Un matin, il pleut des trombes, ils se votent un répit, mais en début d'après-midi le temps dégénère et une forte tempête secoue la base. Le vent rugit, gémit, s'enrage. Les vieilles tôles semblent prendre vie et grondent comme des tambours qui se répondraient l'un à l'autre avec l'avancée des rafales. De temps à autre, un long craquement indique que l'une d'entre elles a cédé, ravageant un peu plus le village perdu. Ils se cloîtrent au « 40 », toussotant dans la fumée du poêle qui refoule. La pluie est si dense qu'elle forme un écran quasi palpable devant la fenêtre. Le monde a disparu, leur refuge est une île dans l'île, un fragment de nuage au sein duquel ils flottent. Plus rien n'existe, ni terre, ni hommes, ni plantes ni animaux, pas même la mer. Ils ne sont que tous les deux, dans ce cœur tonitruant de l'ouragan. Ils finissent par se terrer dans leur lit, gardant une de leurs bougies allumée pour se protéger du noir, comme des enfants. Quand une rafale plus violente frappe, les murs vacillent. L'espace d'un instant, ils imaginent les carreaux qui cèdent et les livrent à cette furie, tout seuls, tout nus. Une peur animale les envahit, une peur froide et dure qui les absorbe. Au début, ils essayent de parler, se murmurent des histoires d'avant, du temps où la vie était normale. Mais, rapidement, cela devient un trop grand effort, tant leur esprit n'est tourné que vers le vacarme du dehors. Ils sont là, prostrés comme des bêtes, les poings serrés, sursautant aux à-coups du vent. La journée s'étire, ils somnolent en se tenant la main. Le peu de lumière s'efface, ce doit être la nuit. Ludovic, la tête sous la couverture, s'aperçoit que des larmes lui coulent sur les joues, sans bien savoir pourquoi. Il se demande s'il arrivera vivant sur l'autre rive de cette tempête. S'échapper de l'île ? Ils étaient fous de le croire. En mer avec ce temps, leur baille rafistolée aurait coulé sans même laisser un rond dans l'eau. Il lui semble, comme lorsqu'il était dans l'annexe après avoir poursuivi le Cruise Ship, que l'eau lui envahit la bouche et les poumons.

Louise aussi pense à la baleinière. Comme Ludovic, la peur de la noyade danse devant ses yeux. Elle en conclut qu'il faut rester à terre. Après tout, ici il y a de la vie, de l'eau, des plantes, des animaux. Ils vont finir par s'adapter. Elle se souvient de ces histoires d'Indiens en Patagonie, qui vivaient nus dans le froid de l'hiver, chassant dans la neige, pêchant dans l'eau glacée. Il paraît qu'ils parlaient avec tendresse de ce pays qui effrayait tant les colons. Sont-ils, eux, moins doués que ces peuples primitifs ? Sans doute, car les bienfaits de leur civilisation développée les ont coupés de cette compréhension millénaire de la nature, de ces connaissances ancestrales qui permettaient aux hommes de vivre de rien. En se civilisant, ils ont gagné en confort et en longévité, mais cette sophistication leur a fait oublier quelques fondamentaux de la vie, et voilà qu'ils se retrouvent aujourd'hui sans ressources.

Le lendemain est à peine meilleur. Ils passent encore la journée sous les couvertures. Seule Louise se lève pour rapporter un morceau de manchot fumé qu'ils mâchouillent à contrecœur. Enfin, le soir, le vent se perd et lâche ses derniers souffles. Dans la nuit, la base n'émet plus que quelques craquements, comme les répliques d'un tsunami.

Un jour tranquille renaît, le ciel limpide leur semble fragile. Instinctivement, ils guettent des signes avant-coureurs de la tourmente qui reviendrait. Enfin, ils relâchent leur respiration.

Au chantier, c'est le désastre. Leurs maigres étais ont cédé. La coque gît à nouveau, vautrée sur les planches qu'ils avaient si laborieusement fixées et qui ont éclaté. Sans cris, sans pleurs, figés à quelques mètres l'un de l'autre, ils contemplent l'anéantissement de semaines d'efforts. Ils n'ont plus l'énergie d'avoir des états d'âme. Tous deux se sentent juste vides, aussi groggys qu'un boxeur coincé dans les cordes, assommés comme au premier jour de la disparition de *Jason*. Mais, cette fois-ci, ils ont lutté et ils ont perdu.

Ce qui les attend dans la baie James est plus angoissant encore. Les manchots ont disparu, laissant derrière eux un tapis de fientes rosâtres et puantes. Ils avaient noté que les petits commençaient maladroitement à nager et que les parents aiguillonnaient leur progéniture à coups de bec pour l'obliger à prendre son autonomie. La nature n'est pas conciliante et la vie ne dispose que de quelques mois pour s'enraciner. Le froid engourdit la terre. Malheur aux retardataires et aux faiblards, qui ne pourront pas gagner à temps l'océan protecteur. La tempête a accéléré leur retraite. Sur les dizaines de milliers d'individus, quelques centaines arpentent encore ce champ de bataille déserté.

Les trois jours suivants, tenaillés par l'urgence, ils s'escriment à sauver ce qui peut l'être, à capturer le plus de manchots possible. Ils ont acquis une dextérité dans la routine. Les pierres ne roulent plus sous leurs pieds quand ils dévalent la colline, ils savent anticiper les mouvements de fuite erratiques des animaux, leurs bâtons s'abattent avec juste la force nécessaire donnée par le poignet et ne ratent pas leur cible. Ils se chargent de plus en plus de bêtes pour rentrer au « 40 ». Les phoquiers du XIXe siècle les auraient volontiers admis dans leur communauté de chasseurs.

Le quatrième jour, leur élan est arrêté net par la neige. Dès qu'il a ouvert les yeux, Ludovic a reconnu cette lumière plus bleutée, ce silence épais. Comme lorsqu'il était enfant, il referme les yeux pour savourer la journée à venir. La neige à Antony n'est plus très fréquente. Elle tourne vite en une bouillie grisâtre qui colle aux semelles, mais il y a au moins une journée de grâce. Il va ouvrir la porte sur ce monde redevenu vierge, il en sera l'explorateur. Il se souvient de l'instant de retenue devant la page blanche du jardin, le paysage familier et chamboulé tout à la fois. Il se souvient de sa hâte à saccager la neige en se roulant dedans, à la posséder en grands éclats de rire, à s'y vautrer pour y laisser sa trace, bras et jambes en croix.

Pourtant, quand ils sortent du « 40 », il ne retrouve rien de cette jouissance. La neige a cessé de tomber, mais elle gonfle encore un ciel d'un gris uniforme qui absorbe la lumière. L'humidité a noirci les bois et les ferrailles. Ils crèvent dans tous les sens la couverture blanche, donnant un air encore plus désolé à ces ruines. À part quelques empreintes tridactyles d'oiseaux de mer, il n'y a aucune trace de vie. Loin d'éprouver ce sentiment d'un monde neuf, Ludovic a une impression d'abandon, d'endormissement précédant la mort. Louise n'est pas aussi morbide, mais elle fait mentalement ses comptes. L'hiver arrive, l'hiver est là. Dans la cuisine ne pendent qu'une quarantaine de manchots racornis et un reste d'otarie. Et après ?

Ils descendent jusqu'à la plage en se tenant par la main. Cette neige après la tempête signe une nouvelle phase de leur vie sur l'île. Ils laissent derrière eux les activités brouillonnes et désordonnées, leurs réflexes de résistance quotidienne. Cet univers blanc apparaît comme une métaphore : ils repartent de zéro. Mais, cette fois-ci, ils n'ont rien, ni nourriture ni moyens d'évasion.

Ils ne parlent pas, suivent à pas lents la laisse de haute mer où la neige s'arrête brusquement. Le temps est calme, une mer grise chuinte doucement sur le sable, des rubans de nuages traînent, immobiles, à mi-hauteur des falaises, le ciel pèse comme un couvercle. Il faudrait, sur cette page blanche, écrire une nouvelle histoire, trouver une idée, un élan. C'est la fatigue qui domine, un accablement irrépressible les laissant sans force ni espoir.

D'après le compte sur leur carnet, ce doit être la fin avril. Le jour ne se lève pas avant le milieu de la matinée. C'en est fini de leurs activités régulières, de la gymnastique matinale, du plan de travail journalier. Depuis que les animaux ont disparu, que la chaloupe s'est écrasée, ils se sentent en roue libre. La neige est retombée sporadiquement les quinze derniers jours, il a fallu la déblayer pour accéder au ruisseau, que couvre souvent une fine pellicule de glace.

La journée leur pèse. Ils voudraient dormir, dormir pour oublier, dormir et se réveiller miraculeusement délivrés de ce cauchemar qui n'a que trop duré.

Ils se sont résolus à se rationner à un manchot par jour et par personne. Les meilleurs morceaux sont frits à la graisse d'otarie pour midi, le reste en une mixture étrange dans laquelle ils laissent mijoter des heures les lambeaux de chair, les os écrasés et même la peau qu'ils dédaignaient auparavant. Matin et soir, ils délayent au maximum cette soupe et l'eau chaude qui leur remplit le ventre leur donne une brève impression de satiété. Le reste du temps, la faim leur tord l'estomac, leur donne des frissons, leur tourne la tête, leur provoque des éblouissements soudains et paralyse chacun de leurs mouvements comme s'ils se débattaient dans une toile d'araignée. La faim leur ronge aussi l'esprit, les empêche de penser, de faire des projets, de seulement imaginer demain. Ils s'engluent dans cette torpeur créée par l'inactivité. Couper des planches pour alimenter le poêle, glaner une poignée de coquillages à marée basse sont leurs seules occupations, mais même ça leur répugne. Le reste du temps se passe au coin du feu.

Ludovic a une toux de plus en plus caverneuse. Il soutient que ce n'est qu'une angine passagère, mais Louise le voit porter instinctivement la main à la poitrine en réprimant une grimace. Il a terriblement maigri, chacune de ses articulations fait une protubérance malsaine sous la peau. Il marche à petits pas, comme un vieillard, se déplacer l'épuise. Malgré tout, il fait des efforts désespérés pour ranimer la flamme de son optimisme légendaire. Il a fabriqué des dés et des dominos avec des chutes de bois et les a polis avec soin, soucieux de leur esthétique et de leur durabilité. Cela agace Louise de le voir absorbé par ce travail inutile, mais il n'y a rien d'autre à faire, alors autant qu'il s'occupe. Cela l'énerve encore plus qu'il tente de jouer la normalité.

« Une partie ? Il faut que je prenne ma revanche, tu as été trop forte la dernière fois. Cette fois-ci, je parie mon bol de soupe de ce soir.

— Arrête de faire l'imbécile, regarde-toi, tu n'as que la peau sur les os.

— Justement, un bol d'eau chaude de plus ou de moins… »

Louise n'a pas envie de jouer. Elle n'a plus envie de rien. Elle en a fini avec sa période de bon petit soldat. Elle n'en peut plus de faire des efforts. Elle en a fait toute sa vie et, à voir le résultat aujourd'hui, c'était bien peine perdue. Ludovic l'exaspère avec sa fausse bonne humeur. Elle sait qu'elle devrait le plaindre, essayer de lui adoucir la vie, puisqu'elle est plus en forme, mais elle éprouve une indifférence dont elle se sent coupable. Par moments, elle éprouve même envers lui une haine brute, aussi incontrôlée qu'inexplicable. Des réponses cinglantes à ses plaisanteries lui viennent aux lèvres, mais elle ne veut plus polémiquer comme ils avaient coutume de le faire. Elle devient obsessionnelle et se met à tout compter : le nombre de manchots qui diminue, le nombre de coquillages ramassés, de morceaux de bois mis au feu. Dans des accès de rage contre elle-même, elle s'aperçoit que l'esprit boutiquier de ses parents n'est pas mort. Cette hérédité l'exaspère encore plus que tout. Si le temps le permet, elle préfère sortir, ne plus voir Ludovic tousser dans le demi-jour de la chambre en jouant compulsivement au Yams.

La neige a rendu impraticable une bonne partie de la base et le fond de la vallée. Elle se contente d'allers et retours sur la plage, qu'elle compte avec dépit, sans pouvoir s'en empêcher. Marcher la calme, mais lui donne encore plus faim. Elle rentre.

« Chérie, c'est Noël, regarde ! J'ai fini par attraper un rat. »

Ludovic tient par la queue un animal dont la gorge tranchée laisse encore dégoutter le sang. Cela fait des jours qu'il essaye différents types de collets ou de pièges sans se soucier des moqueries de Louise. Manger du rat. Elle voudrait l'envoyer balader, mais la salive lui envahit la bouche. L'envie de sentir la viande contre son palais, les petits os craquer sous ses dents, la submerge.

Impossible de savoir l'heure, c'est peut-être le milieu de la nuit. Le silence est palpable. Louise ne dort pas, elle est tendue, cherchant le moindre craquement ou frôlement qui lui indiquerait qu'elle appartient toujours au monde des vivants. Ce silence est un non-bruit, comme la non-existence qu'ils vivent. Cela ressemble à un cauchemar où tout aurait disparu.

Cela lui arrive de plus en plus souvent de se réveiller ainsi, alertée par un silence qui est tout sauf la quiétude. D'habitude, elle se pelotonne contre Ludovic, il dort sur le côté et elle se coule en cuillère, pose la main sur sa poitrine et perçoit les lents battements de son cœur, se concentre pour entendre son souffle qui est, enfin, un bruit. Dans ces moments, elle se sent en paix avec lui et ce grand corps abandonné l'émeut à nouveau. C'est un sentiment plus maternel qu'amoureux, mais elle a envie de revoir fleurir son désarmant sourire. Alors elle prend pour le lendemain tout un tas de bonnes résolutions : être moins cassante, plus tolérante. Elle sait qu'elle ne les tiendra pas.

Cette nuit-là, pourtant, au moment de l'enlacer, un sentiment fulgurant la traverse : elle doit fuir ! L'idée lui vient comme une évidence, ou, pire, comme si une partie de son cerveau l'avait lentement mûrie et qu'elle s'imposait, profitant de sa faiblesse. Tout s'enchaîne logiquement dans son esprit, sans aucun affect. Ce sont juste des pensées, l'une appelant l'autre. Ils vont mourir. Tous les deux. L'hiver commence à peine et déjà ils n'ont quasi plus rien à manger. Ludovic est malade physiquement, mais surtout cassé moralement. Cela date de l'épisode du Cruise Ship. L'écroulement de la baleinière l'a achevé. Il n'a plus de ressort. Louise n'ose pas formuler : « Il ne sert à rien », mais cette idée l'a déjà envahie. Elle n'a plus que la solution de partir et de trouver seule cette station de recherche. Un endroit où l'on stocke forcément des vivres et peut-être un moyen de communication. Ils ont été pusillanimes de ne pas vouloir y aller. Maintenant, Ludovic est trop faible pour un tel voyage. Il est même vraisemblable qu'il ne survivra pas, quoi qu'il arrive. Elle le sent, elle le sait. Elle doit vivre. Donc partir. C'est tout.

L'instant d'après, une honte sans bornes la saisit. Elle va partir sans lui ? Est-ce que ce n'est pas l'abandonner à la mort ? Il est si faible. Ne reste-t-il rien de leur amour, ou tout le moins une parcelle de compassion en elle ? Est-elle devenue un monstre d'égoïsme ?

Elle repense à ses rêveries d'enfant. Jamais dans ses rôles d'héroïne elle n'aurait abandonné la veuve et l'orphelin. Au contraire, elle volait au secours de son prochain, au péril de sa vie. Et voilà qu'aujourd'hui elle est près de se rendre coupable d'abandon de personne en danger. Et ce n'est pas n'importe laquelle, c'est l'homme de sa vie. Cette existence de misère, ces privations n'ont pas entamé que leur standing et leur aisance. La peur a détruit ce qu'elle a de plus essentiel : ses sentiments, son humanité. La voilà nue, avec pour unique obsession sa survie, comme n'importe lequel de ces animaux qu'elle croise quotidiennement.

Les larmes ruissellent sur son visage. Ludovic devrait le percevoir. Elle voudrait qu'il se retourne, l'enlace, lui murmure juste un mot. Pas une caresse : juste un mot, un grognement pour lui signifier qu'il est là, qu'il ne laisse rien tomber, lui non plus. Elle se concentre sur cette idée comme on le fait parfois, pensant pouvoir influencer le destin par sa seule volonté.

Rien ne vient, Ludovic ne bouge pas d'un millimètre. Il pourrait être mort. Et s'il meurt, n'est-ce pas lui qui va l'abandonner ? Que deviendra-t-elle alors ? Elle se voit, encore plus affaiblie qu'aujourd'hui, seule dans ce gourbi où le poêle finira par s'éteindre et la ronde des rats par se rapprocher.

Elle respire lentement pour se calmer. Tout doux, tout doux... C'est juste la mauvaise heure, celle de la nuit profonde, du noir du ciel et de l'âme, l'heure où tout se défait. Louise la connaît bien, celle-là, elle a souvent lutté contre. Depuis qu'elle est enfant, combien de fois s'est-elle réveillée ainsi, sûre qu'elle ne saurait pas sa leçon, que sa mère oublierait son anniversaire, qu'il neigerait trop en montagne, que Ludovic ne rappellerait pas... Elle se force à penser que c'est son cerveau limbique qui est à l'œuvre, son côté femme des cavernes qui voyait le feu s'éteindre au mitan de la nuit et doutait que le soleil se lèverait le lendemain.

Il faut juste réussir à se rendormir. Comme une enfant, elle doit se bercer d'une histoire agréable. Fais dodo... fais de beaux rêves... Ma chérie...

Elle se retourne et se serre contre Ludovic. Un haut-le-cœur la prend. Il pue. Il sent le clochard, la poubelle, la sueur et l'urine refroidie, le vieux vêtement qu'il n'ôte plus où macère un corps sale. L'odeur la suffoque, pourtant elle ne l'avait encore jamais remarquée. Elle, au moins, doit sentir moins mauvais. Elle s'efforce toujours de se débarbouiller chaque soir. Ludovic pourrait en faire autant, au moins par courtoisie. Et voilà l'antienne qui redémarre : il ne fait aucun effort. Tout repose sur elle. Elle n'a plus la force de les porter tous les deux, plus envie de partager la maigre nourriture, n'est plus disposée à supporter cette odeur de défaite. L'odeur ne ment pas, c'est le sens le plus instinctif. On peut mentir par le geste ou la parole, et même du regard. On ne peut pas mentir sur l'odeur. Les animaux le savent bien, qui en usent et en abusent pour dire leur peur ou leur désir. Si l'homme a cherché, de tout temps, à s'en écarter en se couvrant de parfum, n'est-ce pas pour cette unique raison ?

L'odeur ne ment pas. Celle de cette nuit lui dicte de fuir, de repousser Ludovic, tout de suite.

Dans les grands moments, pense Louise, l'humain est seul. Devant la vie, la mort, les décisions suprêmes, l'autre ne compte plus. Elle doit l'oublier et juste vivre. C'est son droit le plus absolu, c'est son devoir envers elle-même.

La nuit est toujours aussi noire et calme. Seul couve l'œil rouge du poêle qu'ils n'éteignent jamais. C'est son tour d'y veiller. Ludovic ne va donc pas s'alarmer, dans son sommeil, qu'elle se lève et fourgonne dans la pièce. Elle récupère sa veste et ses chaussures, l'un des couteaux les mieux affûtés, balance une seconde avant de saisir le briquet, puis l'empoche. À tâtons elle attrape le carnet, le stylet, l'encre et une bougie qu'elle allume avant de recharger le feu.

Dans l'atelier, elle griffonne :

« Je pars chercher du secours. Je reviens au plus dans une semaine. »

Elle ne sait plus si cette dernière phrase est vraie, elle voudrait le croire, ou au moins faire semblant.

Elle hésite et ajoute :

« Prends soin de toi, je t'aime. »

À ce moment précis, elle ne l'aime pas. Il lui est même indifférent, mais elle a pitié de lui. Son départ va le dévaster. Elle lâche ce dernier mot comme une aumône.

Son esprit n'est déjà plus à Ludovic, elle se concentre : une bouteille pour servir de gourde, le sac à dos avec les piolets et les crampons... En bas, elle décroche quatre manchots, se ravise, en prend un cinquième. Il en reste quinze, on ne pourra l'accuser de rien. Mais qui l'accuserait, et de quoi ?

Dehors, le froid la cueille. Rien qu'à inspirer, elle se gèle le nez. Elle a pendant une seconde la tentation de retourner se pelotonner contre lui. Allez, trêve d'hésitation ! Il suffit de s'imaginer qu'elle sort d'un refuge en montagne et qu'une belle course l'attend.

Quelques cumulus traînent devant une demi-lune qui donne à la neige un éclat bleuté. C'est suffisant pour marcher. Il n'y a aucun vent, aucun bruit dans la vieille station qui ressemble à un décor. Lugubre comme un tableau de Buffet. Elle a toujours détesté ce peintre. Elle se détourne rapidement et commence à faire sa trace dans la neige vierge qui lui monte aux mollets. Elle refuse de penser à autre chose qu'à sa route, remonter la vallée, obliquer à gauche puis chercher un passage à travers le premier glacier, celui qui a produit le fameux lac asséché. Ensuite, elle ne sait pas très bien. Elle se souvient que les cartes montraient une série de baies séparées par d'autres glaciers. Son but se trouve dans l'une d'elles, laquelle ? Elle se concentre sur le léger craquement de la pellicule gelée, suivi du chuintement de sa jambe traversant la neige molle. Le son hypnotique l'empêche de réfléchir, de revenir sur son coup de tête. Elle ramasse quelques morceaux de bois pour faire un feu quand elle sera là-haut, et une longue perche pour sonder la neige.

Son corps s'échauffe. Ses articulations s'engrènent comme une belle mécanique. À mettre juste un pied devant l'autre elle retrouve de vieilles sensations, un fluide vital la parcourt, une impression d'être immortelle. Prudemment, elle s'élève dans la vallée, attentive à ne pas faire un faux pas qui serait une catastrophe. Car elle est seule, totalement seule, et elle ne sait pas pourquoi, maintenant, cette idée la rassure et l'excite.

Le jour grisonne quand Louise s'accorde un premier répit. Elle a progressé sans trop de difficultés jusqu'au glacier qui sera sûrement son premier vrai obstacle. La baie, toujours calme, prend une couleur vineuse. La base est à peine visible sous la neige. Elle ne veut pas penser à Ludovic. Non, il ne faut pas. Il doit émerger du sommeil à cette heure-ci, peut-être alerté par le froid, puisque le feu n'est plus entretenu. Il a dû tâter à côté de lui, sentir le vide, la place refroidie, appeler, sauter sur ses pieds, appeler encore, être saisi d'une soudaine inquiétude. Louise ne peut s'empêcher de l'imaginer. Il est encore groggy. Elle espère qu'il va d'abord ranimer le feu. Il reste forcément des braises, il va y arriver. Il la cherche, il se demande pourquoi elle est partie si tôt sans le prévenir. Il jette un coup d'œil par la fenêtre. Non, elle n'est pas sur la grève, à chercher des coquillages. Il sort. Il trouve le message. Il court dehors, appelle. À ce stade, Louise sait confusément qu'elle se raconte l'histoire qui l'arrange. Il va rentrer, pensif, soulagé qu'elle ne lui ait pas demandé un avis qu'il n'aurait pas su lui donner, confiant dans son retour proche, décrochant la poêle pour mettre son manchot quotidien à frire.

Il n'est pas temps de rêvasser, elle doit profiter au maximum de la courte journée. Secouant la tête, elle assujettit les crampons et attaque la pente de neige.

Combien de fois a-t-elle pensé mourir ? Combien de fois a-t-elle vu son cadavre desséché, gisant dans la position baroque où la chute l'a abandonnée, vêtements éclatés, chairs à nu fouillées par quelques pétrels ? Elle ne sait plus, mais qu'importe. Rien ne compte maintenant que l'ultime concentration qu'elle développe pour mettre un pied devant l'autre, pour forcer ce corps souffrant à se mouvoir, encore et encore.

Elle ne compte pas les jours : cinq, six, peut-être sept. Elle ne sait plus depuis combien de temps elle n'a pas mangé, quand le dernier manchot a été fini. Son ventre l'a brûlée de faim, la tête pesait comme une enclume, puis elle s'est sentie légère, aussi vide que les coquillages qui caracolent sur la grève. Elle est passée au-delà de la faim.

Elle pense peu et mal, son esprit divague, saute d'un souvenir à l'autre, mêlant sa vie d'adolescente, le drame du naufrage, sa rencontre avec Ludovic. C'est dû aussi au manque de sommeil. Dès la première nuit, le froid glacial l'a torturée. Dans les hauteurs de l'île, il n'y a d'autre refuge que de s'enterrer dans la neige et là, recroquevillée, elle assiste impuissante à la congélation progressive de ses membres jusqu'à ce qu'il ne reste plus qu'un petit point tiède au creux de son ventre. Alors, en pleine nuit, qu'il vente ou qu'il neige, elle se force à se relever, juste pour ne pas mourir. Les deux dernières nuits, dans la tempête, elle n'a pas dormi du tout. Elle s'est tenue plus ou moins à l'abri d'une falaise et a fait les cent pas jusqu'au jour, persuadée que, comme la chèvre de M. Seguin, elle mourrait avant l'aube. Et puis non. Elle n'est pas morte. Maintenant, elle descend lentement une pente de neige abrupte et en bas, à peine visible à travers la brume et sa vue troublée, il y a deux toits rouges au bord de la mer.

Rien ne s'est passé, bien sûr, selon le scénario qu'elle s'est imprudemment bâti en partant. Dès le premier jour, le glacier s'est avéré diabolique. La glace, sous pression, éclate en mille pans, en mille blocs, formant un capharnaüm infranchissable. Elle a donc décidé de le contourner par le haut. Elle a peiné, tantôt le long de la rimaye, tantôt dans le fouillis de crevasses qui la mènent une fois sur deux à un cul-de-sac. Parfois elle se coule dans une faille, plongeant au cœur même du glacier, empruntant d'obscurs sentiers entre deux falaises froides et translucides. Ensuite, elle doit tailler péniblement des marches pour s'en extraire. Le premier soir, elle a réussi à allumer un petit feu à même la roche, environnée de cette glace à laquelle la flamme tremblotante donne des reflets rouge et or, la faisant paraître vivante. Elle n'a quasi pas réussi à faire cuire son manchot, mais la chair tiédasse s'est avérée réconfortante. C'est la seule fois où elle a pu faire du feu.

Le lendemain, le vent s'est levé et il pleuvait. À l'aveuglette, elle a mis encore la journée pour remonter le glacier. Un vaste plateau lui est apparu dans la dernière lueur du jour. C'est là qu'elle a commencé à s'enterrer dans la neige, quand il n'y avait plus assez de lumière pour avancer. Dans cet univers de glace, de neige et d'eau, il n'est plus question d'allumer quoi que ce soit. Elle a rongé la chair crue sans même s'apercevoir que, quelques semaines auparavant, cette viande à demi putréfiée l'aurait fait vomir.

Pendant des jours, elle erre sur le plateau en plein brouillard. Sans boussole, il lui est impossible de maintenir une ligne droite. Quand un soleil fantomatique pointe à travers la brume, elle essaye de se recaler, mais il lui est arrivé de retomber sur ses propres traces. C'est terrible et malgré tout rassurant, car le champ de neige immaculé lui donne le vertige. Jamais aucun être humain n'a marché là. Ce sentiment, qui l'aurait fait jubiler lors de ses randonnées alpines, la plonge dans un abîme de frayeur. Où sont les hommes dont elle a si désespérément besoin ? Ils semblent s'être évanouis à jamais. Elle est seule au monde. Plus tard, en y repensant, elle sera incapable de dire comment elle n'est pas morte de froid, de faim, perdue là-haut. Elle avance comme un automate. Chaque enjambée est un combat, les muscles des jambes la brûlent. Il faut extraire le pied de la neige, transférer doucement son poids pour ne pas s'enfoncer trop profondément, ramener l'autre jambe et recommencer. Encore et encore. Si elle n'avait pas eu une longue expérience et surtout une volonté hypnotique de continuer, elle se serait écroulée. Elle est tellement fatiguée qu'à la fin elle compte quinze pas, s'arrête pour respirer, recompte quinze pas. Elle s'accompagne en chantonnant des comptines, celles qui lui reviennent en mémoire de sa toute petite enfance. À un moment, le soleil a réapparu, dégageant la visibilité. Elle a réussi à atteindre le bord d'une falaise et, loin en contrebas, vu les toits, par une sorte de miracle. Elle n'a rien ressenti, elle est au-delà, aussi vide de corps que d'esprit. Elle se souvient juste qu'il lui faut les atteindre.

La porte est bloquée par une grosse pierre et une barre de bois entre deux crochets. Elle grince à peine à l'ouverture. Un sas contient un banc, visiblement pour se déchausser, vu les godillots qui traînent dessous, en face des patères et nombre de vestes de ciré usagées. L'autre porte ouvre sur une vaste pièce vaigrée de bois, un salon-salle à manger-cuisine, comme à la maison : cuisinière à gaz, Frigidaire, évier, longue table, chaises et même deux canapés devant une caisse couverte de magazines. Les objets sont décatis, la propreté est douteuse, mais tout y est. Un peu partout, les occupants, comme des enfants, ont parsemé les meubles de leurs trouvailles de plumes, coquillages ou cailloux. Un pan de mur est couvert de photos piquées d'humidité, des visages plutôt jeunes, souriant devant un bon plat, portant un oiseau blessé ou un indescriptible appareillage scientifique. Elle n'a pas encore ouvert les volets. Une faible lumière filtre des contrevents disjoints et fait danser des rais de poussière. Il règne un grand silence. Louise s'avance, tombe à genoux sur le plancher. Il lui vient une terrible envie de vomir, mais elle n'a plus rien depuis longtemps dans l'estomac. Elle n'a plus aucune énergie, pas même celle de se relever. Elle tremble de tous ses membres. Elle a réussi, le cauchemar est fini.

Dans un dernier sursaut d'énergie, elle ouvre des placards et engouffre, au hasard, une poignée de sucre, des pâtes crues, des barres de céréales. Finalement, elle se traîne sur le canapé et tombe, mi-évanouie, mi-endormie. Elle ne sait pas combien de temps elle dort. Elle s'éveille, il fait nuit, elle se rendort, et ainsi plusieurs fois de suite. Enfin, elle émerge, il fait jour.

Malgré la faim, elle prend le temps, cette fois, de sortir posément chaque chose des placards, éprouvant au passage le contact froid et lisse de la vaisselle, le poids de la cocotte à fond épais, le craquètement des spaghettis quand elle secoue la boîte en carton. Elle s'oblige à faire bien cuire les pâtes, à réchauffer la sauce tomate. Puis elle met le couvert, sentant la salive lui envahir la bouche. Le repas avalé, elle retourne se coucher dans un vrai lit. Deux petites pièces attenantes à la grande offrent douze couchettes superposées sur lesquelles des couettes synthétiques sont sagement rangées. Elle s'endort immédiatement d'un sommeil dense, comme un couvercle sur les mois passés.

Les deux premiers jours, elle se sent infiniment trop faible pour risquer le voyage retour. Elle peine déjà à chercher de l'eau et cela la répugne, comme si ce havre enfin retrouvé pouvait disparaître d'un coup de baguette magique pendant son absence. Elle dort beaucoup. Elle a longuement inventorié les réserves, avec plus d'émerveillement qu'elle n'en a jamais ressenti, même pendant ses Noël de petite fille. Il y a de tout, conserves, fruits secs, pâtes, riz, légumes déshydratés. Elle a cru mourir de plaisir en engouffrant un oreillon de pêche et en laissant le jus sirupeux lui couler dans la gorge. Elle a léché jusqu'au couvercle de la boîte de beans sucrés.

Dans un recoin de son esprit, elle sait que Ludovic est là-bas, mais pour le moment la distance lui paraît infranchissable. Elle pense justement à lui quand, légèrement retapée, elle commence à explorer son domaine. Elle découvre ce qui tient lieu de salle de bains, un réduit avec une baignoire et un lavabo qu'il faut remplir au seau.

Au-dessus du lavabo couvert de chiures de mouche, un miroir la fait violemment sursauter. C'est elle, ça ? Ces cheveux plaqués qui lui font un crâne d'oiseau ? Ces yeux démesurés enfoncés dans des orbites violine ? Cette peau couperosée couverte de plaques noirâtres de crasse mêlées de brûlures de froid ? Ce visage de cadavre, oui, c'est le mot qui lui vient aux lèvres. Elle comprend qu'elle est arrivée au bord du précipice, de l'épuisement, de l'anéantissement. Elle doit d'abord se protéger avant de porter secours à qui que ce soit. Elle, Louise, doit vivre, on verra après. Cela lui rappelle l'annonce de sécurité dans les avions qui l'a toujours choquée, où l'on explique qu'il faut d'abord mettre son propre masque à oxygène avant de passer celui de son enfant. Elle comprend maintenant pourquoi ils ont raison.

Si elle retourne là-bas, elle va mourir. C'est sûr. En admettant même qu'elle trouve le chemin du retour, il n'y a pas assez de nourriture dans la vieille base pour tenir jusqu'à l'été suivant. Elle ne pourra pas en rapporter assez, ni tirer Ludovic jusqu'à l'endroit où elle est. Elle se sent envahie d'un égoïsme primitif et animal, qu'elle tente de justifier. Une bête va-t-elle se sacrifier pour une autre ? Non. Le sens de la vie est de se protéger, de se garder soi-même avant de s'occuper des autres. L'altruisme vaut pour les sociétés nanties. Au point de dénuement où elle en est arrivée, ce n'est pas une régression que de penser d'abord à elle. Il s'agit juste de remettre les priorités en place.

En fait, Louise a simplement peur. Elle ressent une terreur absolue à l'idée de risquer à nouveau la traversée de la montagne, plus encore celle de retrouver la vieille base et le « 40 », qui ne symbolisent que l'échec et la mort. Y penser lui vrille l'estomac, la fait suffoquer. Rien ne peut contrebalancer ce qu'elle éprouve, pas même le sort de celui qui lui est le plus cher.

Un grand blessé sécrète, paraît-il, des endorphines qui neutralisent la douleur. De la même façon, l'esprit de Louise, sans qu'elle s'en rende compte, tire au fil des jours un rideau d'oubli autour de Ludovic, qui lui épargne les tourments du choix. Instinctivement, elle pense de moins en moins à lui, comme si son image se dissolvait dans la brume ambiante, comme le visage d'un mort dont on finit par oublier les contours.

Les jours passent. Louise sort peu. Le canapé tiré contre le poêle à charbon lui sert de domaine pour une vie entre parenthèses. Elle lit et relit avec toujours la même jouissance les revues insipides, fait les mots croisés. Elle rêvasse, écoutant la pluie battre sur la tôle du toit, savourant avec gourmandise le fait d'être au sec.

Elle passe des heures à faire chauffer de l'eau, à remplir la baignoire, à s'y laisser flotter, sortant seulement de son semi-coma quand la température du bain refroidit. Cheveux coupés à grands coups de ciseaux, ongles courts, vêtue de trop amples mais confortables vêtements, elle lutte mollement contre la boulimie qui la pousse à cuire des pâtes ou du riz à toute heure. Elle se remplume. Ludovic n'est plus qu'une ombre, un souvenir muré au fond de son esprit.

Quelques jours plus tard, Louise sort de sa léthargie pour explorer l'autre maisonnette. Au début, elle l'a négligée en constatant qu'il ne s'agissait que d'un laboratoire. Rien de bon à manger là-dedans. Puis sa curiosité et son désœuvrement l'y ramènent et elle découvre un poste émetteur-récepteur. Communiquer, être reliée, parler à d'autres humains, appeler au secours, tout cela lui provoque des frissons. Sur *Jason*, ils n'avaient pas ce type d'appareil, lui préférant un petit téléphone satellite. Mais elle en a vu fonctionner d'un œil distrait dans certains refuges de montagne qui trouvaient cela moins cher. Pour commencer, il faut de l'énergie, donc démarrer le groupe électrogène dans l'appentis.

Elle passe trois jours avant de réussir, un peu par hasard. Il n'y a pas beaucoup d'essence, mais cela suffira. Cette première victoire sur la technique la remplit d'espoir. Ce ne doit pas être bien sorcier de faire marcher l'émetteur. Elle tourne des boutons, enclenche des interrupteurs de manière aléatoire, des chiffres défilent sur le cadran, le haut-parleur siffle, gronde, craque. Elle peste de ne trouver aucun mode d'emploi. De temps à autre, elle entend des voix étrangères et reprend espoir, crie dans le micro. Elle s'exaspère d'être si gourde à l'heure d'Internet et de ne même pas savoir faire marcher une radio. Tout passe si vite aujourd'hui, un appareil qui n'a pas vingt ans est obsolète ou bien nul ne sait plus s'en servir. La peur de tomber en panne d'essence finit par se concrétiser. Elle en pleure, habitée par le même sentiment d'impuissance que lorsque le Cruise Ship a disparu dans la brume. Puis elle se résigne. Il ne sert à rien de lutter. Ces faux espoirs lui cassent le moral, mieux vaut attendre que les secours arrivent d'eux-mêmes, que la situation se résolve, pour le meilleur ou pour le pire. Car, maintenant, le pire ne lui fait plus peur.

Louise attend. Confortablement, elle attend. Les jours grisonnent contre le carreau. Elle s'est réinventé ses rituels. Lever tardif, goût du chocolat mêlé à celui, sur, du lait en poudre, farine frite tartinée de confiture, puis eau chaude pour une longue toilette, ces petits plaisirs lui prennent une partie de la matinée. Lire, aller chercher du charbon, réfléchir au déjeuner, cuisiner, manger, faire la sieste, ranger, trier avec maniaquerie le contenu des placards, et la nuit approche déjà. Juste le temps de préparer un nouveau repas et de le faire durer en contemplant l'ombre qui envahit la baie. Elle dort beaucoup. Il y a largement assez de charbon et de nourriture pour passer l'hiver à elle toute seule. Viendra le printemps, et avec lui un navire scientifique. Toute cette histoire sera derrière elle. Elle s'est tissé un cocon qui la maintient en vie, ou plutôt entre deux vies, celle d'avant et celle d'après. Elle se sent larve. Il n'y a rien à faire, juste attendre de devenir papillon. Elle ne veut pas savoir ce qui se passe au « 40 », pas même y songer. Ici, elle est protégée, dans sa forteresse, sa forteresse solitaire.

Il se passe au moins trois semaines, peut-être quatre. L'île est au creux de l'hiver, enfouie jusqu'au rivage sous des mètres de neige. Rien ne bouge, hormis quelques vols d'oiseaux égarés. Dans ce pays sans arbres, le vent n'a rien à torturer. Il se contente de vrombir au coin de la maison et de faire claquer la pluie au carreau. Le monde est en noir et blanc, à peine plus verdâtre côté mer, plus brunâtre côté falaise. Il règne une impression d'éternité.

Ce matin, exceptionnellement, les nuages se sont déchirés et un bleu liquide a envahi le ciel. Louise se sent d'humeur à la promenade. Ce beau temps tombe à pic. Elle dort moins bien depuis quelques nuits. Elle voudrait mettre cela sur le manque d'exercice. Dans ses rêves, quelque chose, ou plutôt quelqu'un, l'appelle.

Dans la partie abritée de la baie, la mer a gelé et la marée a déposé une verroterie de glaçons qui luisent au soleil. Des oiseaux y fouillent inlassablement. Elle souhaiterait juste se sentir comme eux, uniquement absorbée par la vie quotidienne, se nourrir, dormir, passer l'hiver. Mais elle n'arrive plus à s'abandonner à la routine. Est-ce un remords silencieux qui la taraude ? Des flashs se forment dans son cerveau : ses avant-bras constellés des taches dues à l'exposition au soleil, l'iris de ses yeux qui tourne au vert quand il s'énerve, l'étrange bruit de gorge juste après l'orgasme. L'air vivifiant de ce beau matin dissipe la chape brumeuse qui lui a envahi le cerveau, comme il le fait des brouillards de la baie. Plus elle accélère le pas et plus les images lui reviennent à la conscience. Ce n'est pas l'homme souffrant et désespéré qui s'impose à elle, mais celui qu'elle a aimé et suivi jusqu'à ce bout du monde, un personnage joyeux, énergique, dans les bras duquel elle rêve à nouveau de se jeter, un homme qu'elle avait presque réussi à oublier et qui lui saute soudain à la mémoire. Pourquoi maintenant ? Est-ce parce qu'elle a récupéré physiquement ?

Alors vient l'heure du doute, puis de la déchirure. Elle arpente la plage, elle est chaudement équipée aujourd'hui. Le vent ne s'infiltre pas dans une veste déchirée. Des bottes aux semelles épaisses la protègent des galets pointus. Elle a subitement honte de ce confort, puis s'énerve d'avoir honte. Sans bien savoir pourquoi, elle se met à courir. Se fatiguer, fatiguer son corps pour apaiser son esprit, pour dormir à nouveau tranquille. Elle s'arrête net. Autrefois, elle s'est tant moquée de ces gens qu'elle croisait, trottinant dans les allées du parc Montsouris. Et voilà qu'elle revient si vite à ce vain usage de son corps ? Cette débauche d'énergie a quelque chose d'obscène quand, si près, un autre meurt de faim. Voilà, tout remonte, tout s'impose à nouveau. Ce répit comateux qu'elle a vécu se dissipe brutalement. Elle le regrette immensément, elle sait qu'elle n'aura plus de paix. C'en est fini des jours au coin du poêle.

Durant dix longues journées encore, Louise cherche des échappatoires. Revenir dans cette tanière puante, pour peut-être y trouver un cadavre rongé par les rats et se confronter aux conséquences de sa désertion. À quoi bon ? Cela lui fait encore horreur. Mais elle se déteste aussi d'ouvrir un sachet de riz ou de sucrer son café. Comment font les gens à la guerre ? Est-ce qu'ils ne se sauvent pas d'abord eux-mêmes ? Les héroïsmes dont les romans sont pleins n'aboutissent qu'à quelques morts en plus. Vivre seule ou mourir à deux ?

Dix jours qu'elle dort mal, ne goûte plus à sa vie tranquille. Dix jours que monte le dégoût. Un matin, il lui semble qu'elle n'a plus le choix.

Tout est calme comme lorsqu'elle est partie. La vieille base est aussi endormie sous la neige. Louise a à la fois l'impression de rentrer à la maison, dans la familiarité d'un lieu, et en même temps de redécouvrir avec un œil neuf les citernes éventrées et les pans de mur noircis. Le retour n'a pris que trois jours. Elle a été servie par une météo clémente et par sa forme physique bien meilleure. Une fois sa décision prise, elle a su déployer l'énergie qui faisait l'admiration de ses compagnons de cordée et plus elle avançait, plus elle était saisie du sentiment de l'urgence.

Pas le moindre ruban de fumée, pas de traces de pas dans la neige. Une fois encore, Louise a envie de fuir, mais c'est trop tard. Voilà le « 40 », la porte en bois, l'escalier en béton, ses pas qui résonnent. Elle appelle doucement, puis plus fort. Un rat détale quelque part. La porte de la chambre couine comme d'habitude. Une puissante odeur, mélange d'humidité, d'urine et d'excréments, la suffoque. La lumière grise souligne l'inanité des vieux papiers servant d'isolant, la saleté des guenilles qui protègent le lit et la forme en son centre, comme un tas, abandonnée.

« Ludovic ? »

Louise ne s'attend pas à une réponse. Mais, dans l'ovale qui dépasse à peine de la couverture, elle aperçoit deux yeux grands ouverts et les paupières qui s'abaissent lentement. Ce n'est plus Ludovic. La peau grise s'est affaissée autour des os, faisant ressortir l'arête du nez et lui donnant un air de rapace. La barbe emmêlée, les cheveux collés sont parsemés de poils blancs. C'est un vieillard qui la fixe. Pas un muscle de son visage ne bouge, pas une esquisse de sourire, pas un mot, juste les paupières.

Louise s'approche, appelle doucement, sa voix chevrote :

« Ludovic ? Ludo, tu m'entends ? C'est moi, Louise. »

Le regard la fixe maintenant, mais toujours aucun mouvement, aucune expression, comme si l'être en face d'elle n'était qu'un spectateur à peine intéressé.

À genoux devant le lit, Louise caresse le visage défait. Sous la couverture, elle sent un corps aux contours pointus, osseux. Elle parle, elle pleure, le serre dans ses bras. Lui ne répond pas plus qu'une poupée de chiffon. Il aurait été mort, elle l'aurait mieux accepté, elle s'était déjà presque fait une raison. Mais ce regard vide l'anéantit.

Elle rallume un feu, fait chauffer du lait avec la poudre qu'elle a apportée et lui en glisse entre les lèvres. Il avale difficilement, sa pomme d'Adam se soulevant comme à regret. Une partie du liquide s'écoule de sa bouche entrouverte. Elle a l'impression de remplir une outre inerte plutôt que de donner à boire à un être humain.

Surmontant un haut-le-cœur, elle essaye de le laver. Chaque articulation est protubérante sous une peau plissée comme un vêtement trop large. Il a les jambes marquées de bleus, de croûtes, de traces d'excréments. Que s'est-il passé ? A-t-il tenté de s'aventurer en montagne ? S'est-il blessé et est-il revenu ici, l'attendant désespérément ?

Il n'y a pas d'autre matelas et elle se contente de glisser des chiffons pour l'isoler de l'humidité.

Pendant qu'elle le manipule avec précaution, elle l'a vu tourner les yeux vers elle et soupirer. Cela la rassérène. Ludovic, son Ludo, va s'en sortir. Elle a rapporté suffisamment de nourriture déshydratée pour le retaper. Elle est même prête à refaire toute la route pour en rechercher. Ensuite, il comprendra. Il faut qu'il comprenne. Ce n'est pas de sa faute. Elle était si faible, si fatiguée.

Le soir la surprend. Un rayon flamboie à la base des nuages et teinte la chambre de rose. Elle déteste maintenant ce qu'ils y ont patiemment entassé. Jamais plus elle ne mangera de manchot ou d'otarie. À se comporter comme des bêtes, ils ont failli crever comme des bêtes. Cette nature sauvage qu'elle a si ardemment cherchée en montagne ou en mer lui apparaît maintenant comme une ennemie. Quelle folie de venir ici ! Ils l'ont payé d'une terrible leçon, mais tout va s'arranger. Ludovic va se remettre, on va venir les chercher, ils vont reprendre leur vie normale. Pour la première fois depuis bien longtemps, elle se voit faire l'amour, elle se voit enceinte.

Elle parle à voix haute, comme elle a entendu qu'il fallait le faire avec des gens plongés dans le coma, pour que cela les aide à s'accrocher à la vie. À la lueur d'une bougie, elle essaye encore de le nourrir, puis s'aménage un semblant de matelas en journaux au pied du lit et se tasse dans sa veste de quart. Elle n'a pas le courage de se glisser contre lui. Cette couchette puante imprégnée d'urine et, plus encore, ce corps froid et maigre la répugnent.

Elle se dit qu'il dormira mieux seul.

Plusieurs fois dans la nuit, le froid la réveille, Ludovic dort. De temps à autre, il pousse un gros soupir et elle pense qu'il rêve.

L'aube ne l'a pas surprise. Elle est si longue sous ces latitudes. Le jour refuse de se lever, traîne derrière un nuage, s'étire en gris, puis consent à diffuser une clarté bleutée. Louise en a profité pour s'endormir enfin. Est-ce ce gros soupir qui la tire du sommeil ? Elle s'ébroue en un sursaut. C'est Ludovic, il doit avoir faim. Mais non, il n'a pas faim, il n'aura plus jamais faim. Elle n'a jamais eu l'occasion de voir la mort en face. De la fin de ses grands-parents elle n'a connu que le lourd cercueil de chêne, car « ce n'est pas un spectacle pour les enfants ». Elle n'hésite pourtant pas une seconde à déchiffrer la fixité du regard. Ludovic n'est plus, plus rien, juste un amas de cellules qu'aucune force de reconstitution n'anime plus, qui entre peu à peu dans la décomposition, l'émiettement, l'évanouissement. Louise est d'abord comme fascinée. Comment est-ce possible ? Elle n'a rien vu, rien entendu. Elle était à son côté, presque à le toucher, pendant toute la nuit. Et voilà, cet impensable lui a échappé. Car c'est bien d'impensable qu'il s'agit. Ludovic est mort. Elle prononce la phrase à voix haute, comme pour s'en convaincre. Le son déchire un instant le silence, puis semble absorbé par les murs, la neige, l'océan.

Il lui vient à l'esprit qu'il l'a juste attendue, espérée et que c'est son arrivée qui a tout déclenché. C'est ce qui lui a fait abandonner la lutte, après l'avoir revue une dernière fois. Comme ce serait cruel ! Non, il ne peut pas lui avoir fait cela !

Elle pose la main sur l'épaule enfouie sous les couvertures, secoue légèrement. Rien ne se passe. Elle ne sent pas les larmes qui lui ruissellent sur le visage, lui coulent dans le cou et mouillent sa polaire.

Elle pleure, elle se vide par les yeux, noie son chagrin, mais aussi cette impuissance qui la tient depuis que cette croisière maudite a dérapé. Assise par terre sur les tissus boueux, elle lâche prise. Le combat est fini, la vie a perdu et avec elle cette tension, cette lutte de chaque jour, de chaque instant pour trouver des solutions à l'impossible, réussir à se maintenir au milieu de rien, loin de tout et de tous. Cette nature sans pitié a été la plus forte, mais doit-on attendre de la pitié des éléments naturels ? Ici, tous les jours, des bêtes vivent et meurent.

Louise sanglote d'être seule, de n'être pas rentrée assez tôt, de ne plus savoir quoi faire. Au bout d'un temps infini, elle n'a plus de larmes. Toute l'eau s'est écoulée de son corps, un fleuve de désarroi. Il ne reste que ses yeux meurtris et une lourde migraine.

Ludovic a déjà le regard vitreux, ou plutôt imperceptiblement voilé. Quelque chose dans la pupille est en train de solidifier et de refermer cette porte entre les êtres.

Louise est restée un long moment à regarder, hébétée, un soleil blanc monter dans la pièce. L'air est si froid qu'aucune poussière ne danse dans les rayons, et il y a ce silence, celui de la neige dehors, celui de cette forme sur le lit, celui qui la submerge intérieurement.

Elle finit par se lever, ramasse le sac à dos qu'elle n'a pas eu le temps de défaire hier et quitte la pièce.

ICI

« La conf' est dans une heure, t'as ton truc ? »

La grande rousse s'est hissée au-dessus de la demi-cloison de l'*open space*. Elle éclate de rire.

« Dis donc, tu n'as pas l'air dans ton assiette ! T'as fait la fête, hier, ou quoi ? »

Pierre-Yves grogne. Il savait bien qu'inviter les copains à regarder le match un mardi soir, quand la conférence de rédaction est le mercredi matin, était imprudent. Surtout qu'en quittant le bureau hier il ne l'avait pas, « son truc », le sujet qu'il allait défendre et investiguer pour la quinzaine suivante. Une heure pour trouver, c'est maigre, mais il ne regrette pas le temps qu'il a passé la semaine dernière sur l'addiction à Internet et ses longs entretiens avec ces jeunes immergés dans un monde virtuel. Cela l'a fasciné. Il sait que, quand un sujet le passionne, son papier est bon, très bon, même, et c'est pour cela qu'il exerce dans un hebdomadaire qui marche encore à peu près, au milieu de la débâcle de la presse.

L'Actu est un journal de référence, ni à droite ni à gauche, spécialiste des angles décalés, des sujets incongrus, qui lui assurent encore des lecteurs.

Marion, la rousse, s'occupe de la culture avec pas mal de flair, dénichant un écrivain malien, un happening qui fera bientôt référence. Simon et lui sont dans un service société/faits divers, assez confortable : une page d'actualités chaque semaine et un gros papier tous les quinze jours. Jusqu'à hier soir, il pensait faire le portrait d'un ancien entrepreneur tombé dans la rue qui s'évertuait à remonter un business de services en direction des sans-abri. Mais il avait eu le type au téléphone et son ton sentencieux à propos de l'effort et de la ténacité l'avait barbé. Si lui ne s'amusait pas, son lecteur non plus.

L'intervention de Marion a le mérite de le tirer de l'apathie due à sa soirée arrosée. Pierre-Yves se recale dans le siège. Finalement, il adore travailler sous tension, sentir l'adrénaline lui donner le frisson. Il a soixante minutes pour dénicher *la* bonne idée. Pendant un quart d'heure, il relit les pistes qu'il a notées à brûle-pourpoint lors de rencontres. Comme cela ne donne rien, il furète sur les sites d'information anglo-saxons, qui ont souvent une longueur d'avance. C'est sur Reuters qu'il découvre la perle. Elle date du matin même dans la rubrique « *Oddly enough* », qu'il affectionne, car elle est pleine d'histoires baroques :

Stanley – île Falkland :
Le navire de recherche Ernest Shackleton *du British Antarctic Survey, en mission dans l'île de Stromness, a rapporté avoir découvert une femme de nationalité française dont le voilier aurait fait naufrage huit mois auparavant. Son compagnon serait mort de privations, elle aurait survécu en*

se nourrissant d'oiseaux et de phoques avant de
découvrir la station scientifique et de s'y abriter.
Elle sera rapatriée à Stanley au plus tôt, pour être
entendue par les autorités.

Robinson féminin au XXIᵉ siècle, cela commence bien : deux drames, le naufrage et la mort du compagnon, la survie dans un univers hostile. Ça risque d'être trash à raconter, mais on peut aussi faire un beau portrait, s'interroger sur le dénuement, la solitude, la perte des repères sociaux. Tout dépendra évidemment de ce que cette fille aura à raconter. Mais il faut se dépêcher et s'assurer l'exclusivité du récit, car, il le sent, c'est un scoop qui se prépare.

Le sang de Pierre-Yves s'accélère. C'est délicieux.

Avec le décalage horaire, c'est trop tôt pour appeler qui que ce soit à Stanley. Un coup d'œil sur Wikipédia : Stromness est une île australe montagneuse anglaise entièrement placée en réserve naturelle. Elle n'est fréquentée que par des chercheurs à la belle saison. Cinq à quinze degrés l'été, moins cinq à moins quinze degrés l'hiver. Elle est réputée pour ses grandes colonies de manchots royaux : Aptenodytes patagonicus. Suivent quelques photos de paysages sublimes, icebergs, colonies d'oiseaux à perte de vue, pics enneigés… Parfait, il y aura de belles illustrations.

Son premier réflexe est d'appeler le ministère des Affaires étrangères. Ils sont forcément au courant. Il y a sympathisé avec un chargé de mission quand il a fait son papier sur les Français qui travaillent dans le pétrole, en Sibérie. On le renvoie sur le service des personnes disparues :

« Oui, le Foreign Office nous a bien transmis l'information. Elle s'appelle Louise Flambart, ses parents ainsi que ceux de son compagnon, Ludovic Delatreille, ont déclaré leur disparition en mer sur une route entre Ushuaia et Capetown. Un signalement maritime a été émis il y a huit mois. D'après la note des Anglais, le commandant du navire la décrit en état de choc psychologique, mais en bonne santé physique. Les autorités de Stanley veulent prendre une déposition, mais elle sera rapatriée dès que possible aux frais du MAE. »

L'interlocuteur ajoute en soupirant :

« Personne ne nous a encore interrogés sur le sujet, mais ça ne devrait pas tarder. »

Pour obtenir le numéro de téléphone de l'*Ernest Shackleton*, Pierre-Yves doit parlementer. Par chance, le type apprécie *L'Actu*.

L'heure a filé. Pierre-Yves griffonne une note et s'engouffre en salle de rédaction.

« Bonjour, Louise, vous allez bien ? »

Pierre-Yves sait qu'il faut s'y prendre en douceur, et d'ailleurs le commandant de l'*Ernest Shackleton* le lui a seriné :

« Elle va mieux, mais elle est encore fragile, elle parle peu, pleure souvent. »

Lui a lourdement insisté pour se présenter de la part du MAE, sinon l'autre ne l'aurait sans doute pas autorisé à parler à Louise.

« Qui êtes-vous ? »

Le ton est hésitant, rauque, plutôt grave, à mi-chemin entre celui d'une femme qui a trop pleuré et celui d'une chanteuse de blues. Il ne manque pas d'une certaine puissance, lasse mais déterminée. Sur le compte Facebook de Louise, il a récupéré quelques clichés : retour de balades en montagne, bonnes bouffes avec des copains. Il les a sous les yeux, agrandis, et n'arrive pas à faire coïncider ces images et ce timbre de voix. La silhouette fine et le petit visage en triangle correspondraient plutôt à des intonations pointues, à la limite du gazouillis.

« Pierre-Yves Tasdour, j'ai appris votre histoire, c'est fantastique, vous avez été incroyablement courageuse. Je suis journaliste à *L'Actu*. J'aimerais parler un moment avec vous. Cela fait longtemps que vous êtes à bord de l'*Ernest Shackleton* ?

— Trois jours.

— Vous pouvez me raconter quand ils sont arrivés ? »

Il connaît son métier, sait prendre l'ascendant. Tout le monde aime parler de soi. Il ne faut pas trop laisser aux gens le temps de réfléchir, cela perturbe la spontanéité qu'adorent les lecteurs.

« Je les ai vus par la fenêtre, un matin, je buvais mon café. Le bateau a mouillé dans la baie.

— Vous buviez votre café ? »

La voix n'a pris aucune intonation particulière en disant : je buvais mon café.

« Vous êtes sortie, vous les avez appelés ?

— Non. Au bout d'un moment, ils ont mis une annexe à l'eau et sont arrivés à la base. »

Un instant, Pierre-Yves est déstabilisé. Voilà quelqu'un qui aperçoit des sauveteurs après des mois d'horreur et qui continue tranquillement à boire son café ! Est-ce qu'elle se moque de lui ? Est-ce qu'elle a déjà préparé un discours bien rodé pour qu'on la laisse tranquille ou bien est-elle devenue carrément toquée ?

« Vous n'étiez pas impatiente ? Ils allaient vous sauver !

— Je ne sais pas. J'étais là, de toute façon, ils m'auraient trouvée. »

Depuis qu'elle a refermé la porte du « 40 » et qu'elle s'est à nouveau réfugiée à la base, une profonde torpeur a envahi Louise. Peu lui importe que les heures se succèdent, les jours ou les nuits. Elle s'absorbe devant l'eau des pâtes qui bout. Les bulles deviennent de plus en plus grosses et éclatent en chuintant. Elle contemple la pluie qui s'accumule le long des fenêtres et finit par s'infiltrer à travers le dormant. Au retour du printemps, elle est fascinée par la danse nuptiale des albatros. Quel que soit le temps, elle sort, s'assoit dans l'herbe humide et observe les animaux se dandiner gravement. Face à face, les ailes à demi déployées, ils s'adonnent à une chorégraphie secrète, composée de petits pas, de battements d'aile mesurés, de torsions de cou, croisements de bec, accompagnée de vocalises plaintives et de bruits de gorge. Leurs gros corps sont tout empreints de la grâce de la séduction. Elle avait lu, il y a longtemps, que chaque couple se reformait d'une année à l'autre en se reconnaissant par une danse unique. Elle ne saurait pas dire si ces spectacles lui procurent de la joie, du réconfort ou même de l'intérêt. Elle n'a plus de sentiments. Ils sont au « 40 », dans la pièce froide. Elle ne peut pas, elle ne doit pas repenser à ce qui est resté là-bas. Son esprit s'est engourdi, immobilisé, réfrigéré, comme cette île sous la neige. Seul son corps agit et effectue les tâches utiles à sa survie. Elle pioche régulièrement dans les placards pour se nourrir. Tant que dure le jour, elle garde les yeux ouverts. Quand vient la nuit, elle ferme les paupières et dort d'un sommeil sans rêves.

Quand le bateau est apparu, elle n'a éprouvé ni soulagement ni angoisse. Elle savait qu'il devait arriver un jour et voilà, c'était aujourd'hui.

Au début, elle raconte son histoire au téléphone comme elle l'a fait aux officiers de l'*Ernest Shackleton*, sans réfléchir, un mot après l'autre. La carapace d'indifférence qu'elle s'est construite pour survivre ne se désagrège pas en un jour. Elle voudrait simplement gommer ces huit mois et qu'on la laisse à son hébétude confortable. Elle ne verrait pas d'inconvénients à poursuivre la contemplation du ballet des bulles dans la casserole ou des oiseaux sur la grève. Mais il faut bien répondre aux questions. Ne serait-ce que pour qu'on lui fiche la paix.

« Mon compagnon ? Oui, il est resté dans la base baleinière. Il est mort. Je ne sais plus très bien comment. Un matin, il n'était plus vivant. »

Bien sûr, elle ne se souvient pas du sédatif qu'on lui a administré pour lui éviter d'assister au retour à bord d'un long colis enveloppé de couvertures de survie. Elle a échappé ainsi aux traces de vomi sur la veste du lieutenant, qui a découvert le cadavre rongé, ou plutôt ce que les rats en ont laissé.

La conversation avec Pierre-Yves se prolonge et à la fin commence à réveiller sa lucidité. Ce type l'agace.

« Mais pourquoi vous voulez savoir toutes ces choses ? Qu'est-ce que ça vous fait ?

— Je vous l'ai dit, je suis journaliste. »

Une onde de méfiance secoue Louise, comme le premier soubresaut d'un électroencéphalogramme.

« Mais je ne veux pas que l'on parle de moi. Laissez-moi tranquille. »

Pierre-Yves est songeur. Au début, il notait consciencieusement les phrases, car il ne faut jamais faire confiance à l'enregistrement. Maintenant il ne fait que griffonner des structures géométriques en contemplant les photos. Il a remarqué les beaux yeux, rieurs à l'époque. Cela a remué un fond de pitié en lui. C'est plutôt bon signe. S'il est en empathie, il trouvera mieux les mots pour son papier. En fait, c'est plus que de l'empathie, une fascination pointe en lui. Cette voix grave et calme qui raconte, comme si rien n'avait d'importance, la peur, la faim, la mort. Une seconde, il se demande ce qu'il ressentirait à sa place. Mais voilà qu'elle se rebiffe.

« Écoutez, Louise, votre histoire fait du bruit, ici, beaucoup de bruit. »

Cela s'appelle un mensonge par anticipation. Mais il sait que ce sera effectivement le cas.

« Vous risquez d'être très embêtée. Tous les médias voudront des interviews. Cela va être compliqué pour vous. Je comprends que vous ayez besoin de repos et de retrouver votre famille. Je ne vous ennuie plus. Si d'autres journalistes vous contactent, dites-leur de s'adresser à moi. Pierre-Yves Tasdour, de *L'Actu*, vous vous souviendrez ? »

Normalement, aucune chance que ce genre de proposition absurde fonctionne. Mais Louise dit oui. Elle dirait oui à n'importe quoi. Elle en a assez, même si l'autre paraît gentil.

« Je vous laisse, Louise. Je viendrai vous accueillir quand vous arriverez en France. Prenez soin de vous. Je vous embrasse. »

Pourquoi a-t-il ajouté cette dernière phrase ? C'est ridicule.

Maintenant, il n'a plus qu'à filer chez Dion, le rédac chef, pour qu'il supprime la une idiote prévue sur un scandale immobilier, puis qu'à attraper un train pour Grenoble et aller voir les parents de son héroïne.

Pierre-Yves a téléchargé la photo du 23, rue Montenvert à Grenoble. À voir la maison cossue, sans style derrière sa grosse barrière de thuyas tirée au cordeau, il a déjà imaginé la famille bourgeoise un tantinet guindée. La réalité est caricaturale. Le père ventru, quasi chauve, grosses poches sous les yeux, revêche ; la mère, petite souris effacée, peignée, soignée, sans un faux pli au corsage, et copie conforme, physiquement, de sa fille. Dans le salon aux meubles cirés, napperons et statuettes à leur place, Pierre-Yves est dorloté, à coups de thé au lait. Il n'a pas osé demander une bière, cela paraîtrait familier.

Bien sûr, les parents sont heureux, infiniment heureux, d'avoir retrouvé leur fille. Mais se comporter de manière démonstrative n'est pas le genre de la famille. Est-ce là que Louise a appris cette intonation toujours égale ? Les mains ne quittent pas l'accoudoir, le regard évolue de la fenêtre au buffet, le ton est poli, c'est celui sur lequel on s'adresse à un visiteur que l'on n'ose pas raccompagner.

Pierre-Yves repense à ses propres parents. C'était une génération où il était malséant d'ennuyer les autres avec ses affaires personnelles. Il fallait donner le change, être « digne ». Les manifestations sentimentales se concevaient à peine au sein des couples.

Il finit par attraper au vol la pointe d'énervement du père.

« Quand même, elle avait un bon travail. Pourquoi ce besoin de partir à l'aventure en bateau ? Il faut dire que Ludovic n'était pas un garçon très sérieux. Oh ! Gentil, bien sûr, mais un peu écervelé, si vous voyez ce que je veux dire. »

Pierre-Yves devine la suite. Ils lui ont donné une bonne éducation, ils espéraient qu'elle abandonne cette manie d'aller en montagne. Elle avait l'âge de faire un enfant. Au lieu de cela, elle a choisi de partir. Sa femme et lui ont eu peur. Ils n'auraient pas pensé à signaler leur disparition, mais les parents de Ludovic les avaient alertés et s'étaient chargés de tout.

« Pauvres gens ! »

La voix de la mère s'étrangle un peu.

Pierre-Yves renonce à la photo où ils feraient semblant de parler au téléphone avec leur fille. Ils seront trop mauvais acteurs. Mais il récupère, au cas où, quelques clichés de Louise enfant, et d'autres où elle est avec Ludovic.

Dans le TGV du retour, il contemple longuement ces dernières. Il se sent une âme de limier et le temps presse. Cette affaire aura un immense retentissement en France, tous les ingrédients sont là. Un grand papier d'enquête lui demande normalement quinze jours à trois semaines, là on lui a accordé la parution dans le prochain numéro et la une. La rédaction le suit, c'est à lui de jouer. Louise n'en racontera pas beaucoup plus, pas maintenant ni au téléphone.

Elle est dépressive. On le serait à moins. Du côté de ses parents à elle, il a été déçu. Concernant ceux de Ludovic, il craint de n'avoir qu'une famille éplorée. Il veut, il doit comprendre la descente aux enfers de ce couple souriant et anonyme qu'il a devant les yeux. D'autres que lui, moins scrupuleux, inventeraient de toutes pièces. Lui tient à sa crédibilité. Il a toujours considéré que son métier de journaliste était de faire sortir des vérités, si ce n'est *la* vérité.

Il scrute les visages, les attitudes :

– Ludovic est costaud, plutôt beau gosse, fossette, lèvre du bas charnue, un peu boudeuse, l'œil est franc et bleu. Il devait être sûr de lui. Un homme à succès.

– Les vêtements et la tignasse perpétuellement en bataille : un signe d'assurance sociale du type qui peut se permettre de briser les codes ?

– Les bras toujours grands ouverts, les paumes écartées. Ou alors il enlace, il serre, il touche. On le dirait dans l'action permanente : un hyperactif ? Un gros nounours qui a besoin de câlins ? En tout cas, il a confiance en lui et dans la vie. Sûrement généreux.

– Le sourire vissé, le visage lisse : il n'a jamais souffert.

– Louise est plus figée, moins à l'aise avec son corps. Sur plusieurs photos, elle est assise jambes repliées, bras serrés autour des genoux, menton sur les mains, en position défensive. Si Ludovic la tient par le cou, elle a les bras ballants, un peu raides, on la dirait gênée.

– Son visage est franc et juvénile, comme celui de Ludovic. De grands et beaux yeux verts où pointe un soupçon lunaire ou mélancolique, les lèvres souvent légèrement pincées : elle traîne une frustration ? Elle a peur de perdre son bel Apollon ?

– Un peu plus petite que la moyenne. Maigre ? Pas vraiment.

Il se concentre sur les photos. Non ! Elle est musclée et cela fait paraître, en comparaison, les attaches de ses poignets, de ses chevilles, son cou ou ses hanches d'une grande finesse. Elle est forte et faible à la fois.

Sur tous les clichés, ils se regardent. Pierre-Yves n'hésite pas : ces deux-là s'aiment. Il se vante de s'y connaître en regards amoureux. Il perçoit cette étincelle d'excitation, cet étonnement comme s'ils se découvraient sans cesse. Il devine la sensualité comblée.

De retour à Paris, Pierre-Yves se démène. Il est obligé de demander le renfort de Simon. Ils se livrent à une véritable enquête : des collègues de bureau attrapées sur le trottoir devant le centre des impôts ou chez Foyd & Partners ; Phil et Sam, les copains de cordée ; les parents de Ludovic, bien sûr, auprès de qui il a eu le bon goût de ne pas trop insister ; un scientifique rattaché aux Terres australes et antarctiques françaises pour le portrait des îles ; un médecin militaire spécialiste de survie ; un nutritionniste ; un psychologue, professionnel des situations de crise ; trois anciens copains d'école pistés sur Facebook.

Il a le contexte. Côté psychologique, il ne s'est pas trompé. Mais il lui manque l'essentiel : le déroulé exact des faits, l'avarie, la survie, la mort de Ludovic. Il a tenté de rappeler l'*Ernest Shackleton*, mais le commandant l'a envoyé promener.

L'information a fini par paraître dans la presse anglaise et a traversé la Manche dès le lendemain. La chasse est ouverte, mais il a une longueur d'avance. Il a invité à déjeuner son contact au ministère sous prétexte de le faire parler du traitement des ressortissants français en détresse de par le monde. Bistrot branché, bon vin, bonne ambiance… bingo, il apprend que Louise quitte les Falkland le lendemain, à destination de Londres. Elle doit être prise en charge par le consulat pour la nuit et repartira dans l'avion pour Paris après-demain. Le secret fera long feu. Comme la presse a commencé à en parler, le sous-secrétaire d'État aux Français de l'Étranger a l'intention d'aller l'accueillir à Orly. Le communiqué de presse doit partir.

Pierre-Yves joue gros.

Est-ce que le communiqué évoquera l'escale de Londres ? Peut-il être introduit auprès du consulat pour rencontrer Louise là-bas ? Son correspondant tord un peu le nez. Ce n'est pas son job… si ça s'ébruite… Entre le carpaccio de mangue et le café, Pierre-Yves insiste. Personne n'en saura rien. Il souligne négligemment qu'il connaît déjà Louise, grâce à la serviabilité de son interlocuteur. Tout à trac, il lance :

« D'ailleurs, cette histoire me fascine, j'ai l'intention de faire bien plus qu'un article, je veux écrire un livre avec elle. Alors, vous comprenez, c'est capital pour moi de la rencontrer avant qu'elle ne soit assaillie. J'ai besoin de son authenticité. Si le communiqué passait sous silence l'escale de Londres… »

Cette histoire de livre, il vient de l'inventer, mais, au fur et à mesure qu'il en parle, cela ne lui paraît pas une si mauvaise idée.

Il obtient que l'autre appelle le consulat. Pas de mail, ça laisse des traces.

Dans l'Eurostar, Pierre-Yves rêve déjà à la devanture des librairies.

En poussant la porte du Kentucky Pub, Louise s'avise que les Anglais n'ont décidément aucun goût. Le long bar croulant sous les trophées de foot peut paraître chaleureux, mais le reste est glauque. Les box sont chichement éclairés et un papier peint à fleurs marron porte les stigmates du temps où l'on pouvait fumer dans l'établissement. Les tables sont en contreplaqué imitation bois et les banquettes en skaï, éraflées. Il s'en dégage, malgré cela, une impression d'intimité débraillée assez familiale. Ces réflexions arrachent à Louise un sourire intérieur. Ça y est ! Elle est en train de revenir à la vie, si elle s'intéresse à de tels détails !

Depuis son sauvetage jusqu'à son arrivée aux Falkland, elle est restée dans sa léthargie mentale. L'équipage de l'*Ernest Shackleton* a été aux petits soins, mais s'est révélé assez embarrassé d'une telle passagère. Ne risque-t-elle pas de « péter les plombs » si on la cuisine trop ?

Alors, on lui a fichu la paix, on lui a porté ses repas dans sa cabine, souri et parlé du beau temps quand on la croisait dans les coursives. Tous ont hâte de laisser les autorités compétentes s'en débrouiller.

Débarquer à Stanley, aux Falkland, a été, pour Louise, un premier choc. Des maisons proprettes, des jardins où s'épanouissent des brassées de lupins, les traditionnelles fenêtres à guillotine aux voilages immaculés, même en ce bout du monde sévit l'*English Way of Life*, tout en confort et en retenue. Après avoir tant rêvé de cette normalité, elle n'arrive pas à l'apprécier. Tout lui paraît étriqué, superficiel. Elle n'a plus les codes. Elle s'est réfugiée dans l'hôtel, passant près d'une heure sous la douche, jusqu'à ce que le gérant vienne toquer à sa porte en lui demandant s'il y avait une fuite d'eau. Une douche chaude ! Celle de l'*Ernest Shackleton* fonctionnait a minima. Là, elle peut laisser l'eau ruisseler, percevoir chacun de ses muscles au fur et à mesure qu'elle dirige le jet dessus. Elle a l'impression de se laver autant à l'intérieur qu'à l'extérieur. Avec l'eau tiède s'évacuent la torpeur, les mauvais rêves, les désespoirs. Elle regarde ses mains dont la peau devient molle et blanchâtre, boursouflant autour des cals et microcoupures auxquels elle ne prêtait plus attention. C'est son âme qui se ramollit. Les barrières d'insensibilité qu'elle a érigées dans sa tête pour survivre tombent en même temps. Sur injonction du gérant, elle a fini par sortir de la douche et s'est retrouvée enveloppée de sa seule serviette, dans la vapeur de la petite salle de bains. Là, elle prend brusquement conscience qu'elle devra bientôt faire face. La vie va recommencer, le travail, les amis peut-être, le « 40 », le vrai ! Est-ce possible ? En a-t-elle la force ?

Elle pense avec effroi à Ludovic. Elle se souvient que le commandant lui a dit qu'on s'était occupé de lui. Elle n'en a pas demandé plus. Tout lui revient à la mémoire : la lumière verdâtre, la couverture en loques et les yeux... surtout les yeux ! La fixité, ce léger voile, déjà, cette pupille qui se perdait. Cet homme qu'elle a abandonné. Pour la première fois depuis qu'elle a été récupérée, elle formule cette idée dévastatrice. Elle n'aurait jamais dû le quitter, elle aurait dû revenir plus vite le chercher. Elle a joué sa vie contre celle de Ludovic.

Elle frissonne, s'essuie longuement. Avec la vie normale, elle ne retrouve pas que l'eau chaude, mais bien d'autres réalités, moins agréables.

Ensuite, tout est venu de ces idiots d'inspecteurs. Dans le commissariat, les deux hommes boudinés, censés prendre sa déposition, l'ont exaspérée. Dans ce pays sans crimes, où les délits se résument à quelques dégradations d'alcooliques, voilà qu'ils jouent les importants. Ils entament la discussion par une demi-heure de morale : Louise et Ludovic se sont mis en infraction en allant sur l'île. Ils pourraient transférer le dossier au procureur. S'ils admettent que les naufragés se sont attaqués à des espèces protégées, comme les manchots ou les otaries, pour survivre, ils lui demandent de décrire par le menu les « dégradations » qu'ils ont fait subir à la station.

« Un monument historique, vous comprenez, madame. »

Bref, de parfaits idiots, juge-t-elle.

En un éclair, quand ils en viennent à la mort de Ludovic, elle comprend qu'il vaut mieux faire simple : ils avaient faim, froid, Ludovic s'est affaibli, est tombé malade à la suite de la poursuite du Cruise Ship. Elle n'a rien pu faire. Point.

Cela paraît suffire largement aux deux pandores, qui se soucient comme d'une guigne de savoir comment, précisément, est mort ce *Frenchy*.

Louise est soulagée et retient, ce jour-là, que toute vérité n'est pas bonne à dire. Rien ne ramènera Ludovic, elle peut juste éviter d'étaler des histoires embrouillées et malsaines. D'ailleurs, qui pourrait vraiment les comprendre ? Seuls ceux qui ont rongé du manchot pendant des mois peuvent concevoir ce que signifie sauver sa peau.

Elle n'attend pas longtemps au pub, devant son thé au lait. Le type, en jean noir et veste pied-de-poule, la bouille ronde, souriante, l'œil aux aguets derrière des lunettes carrées à monture verte, c'est forcément lui. Il n'y a qu'un journaliste parisien pour avoir un look pareil. Il fonce vers elle sans hésiter.

« Louise, je suis si content ! Comment allez-vous ? »

Il cale sa bedaine contre la table et commande une bière dans un excellent anglais.

Elle est bien telle qu'il l'imaginait, osseuse, flottant dans un pull mauve qu'on a dû lui donner aux Falkland. Il remarque les mains aux articulations protubérantes et les yeux, surtout ces yeux verts qui lui mangent la figure. Ou alors, c'est l'effet des cernes qui creusent ses joues. Louise a perdu son air légèrement enfantin et naïf. Pierre-Yves est frappé. Elle a le regard de ces migrants qu'il a parfois interviewés au sortir d'un bateau de fortune, cet air perdu, encore plein d'un passé tragique. Bien sûr, ce n'est pas le camp de transit qui l'attend, mais elle est comme eux, elle a la fragilité des êtres ballottés entre deux mondes.

Son esprit accélère. Contrairement aux pauvres hères qui n'intéressent personne, Louise est une Européenne blanche, une « madame Tout-le-monde » à laquelle ses lecteurs pourront s'identifier. C'est sinistre à dire, mais les sans-papiers forment une masse indifférenciée. Louise, elle, est unique. Pierre-Yves s'aperçoit qu'il a à peine écouté la réponse à sa question.

« Merci, je vais bien, enfin mieux, mais tout est allé si vite... je me sens un peu perdue. »

Louise a peur. Elle se rapproche dangereusement de la zone où il va lui falloir se ressaisir. Dès demain, elle aura des décisions à prendre. Depuis les Falkland, elle a longuement eu ses parents au téléphone et a décliné leur invitation à venir habiter chez eux. Le « 40 » aurait sans doute été bien, mais ils l'ont sous-loué à des amis en partant. Elle n'a pas osé les appeler. Et puis, retrouver l'appartement sans Ludovic l'angoisse. L'hôtel correspondra mieux à son état de flottement, même si son aspect impersonnel l'effraye.

« Je comprends, je comprends, se rattrape Pierre-Yves. Écoutez, j'ai beaucoup de questions à vous poser, j'espère ne pas vous fatiguer, mais avant, il faut que je vous dise deux ou trois choses qui vous aideront. »

Pour le coup, il est sincère. Il voudrait presque la materner. Ses copains cyniques du journal plaisanteraient qu'il a des réactions de rombière devant un chat perdu. C'est le contraire. Cette fille fragile le touche vraiment. Il va l'aider. Il va devenir son mentor et elle va en avoir sacrément besoin.

Il balance tout : la meute de journalistes qui l'attend demain avec le sous-secrétaire d'État, les sollicitations innombrables, les interviews, les talk-shows, les passants qui la reconnaîtront dans la rue, les éditeurs, les réalisateurs... On ne lui laissera pas une parcelle de tranquillité. Or il a bien compris, lui, qu'elle aura besoin de paix. Personne ne sort d'une telle épreuve en quelques jours. Il va l'aider à gérer tout ce barnum et, s'il faut, lui trouver une attachée de presse. Il pense à Alice, une vieille connaissance, une cinquantenaire solide qui a déjà managé des sportifs aux frasques célèbres. C'est une femme qui a du tact. Elle maîtrise à merveille la gestion de crise.

Louise est atterrée. Elle ne veut rien, elle n'a rien demandé, ni talk-shows, ni attachée de presse. Qu'on la laisse tranquille. Elle se verrait bien partir en montagne, aller grimper, fatiguer son corps pour espérer dormir, se concentrer sur une prise, une veine rocheuse assombrie par un filet d'eau, l'odeur de la magnésie au bout de ses doigts. S'apaiser. Au lieu de cela, Pierre-Yves lui parle de bruit et de fureur.

« Mais enfin, Louise, vous ne pourrez pas disparaître. Tout le monde vous attend. Votre expérience est unique. Se retrouver sans rien, comme à l'époque des cavernes ! Qu'est-ce qui vous a permis de tenir ?

Ça a dû être dément, ce combat de tous les jours !
La France entière va se passionner. »

Cette perspective dépasse Louise. L'anxiété lui
broie l'estomac. Le cauchemar ne finira donc jamais ?
Elle se prend la tête dans les mains et frissonne
comme un animal traqué. Elle ne veut pas qu'on l'in-
terroge. Elle va rester là, à Londres.

Pierre-Yves ressent une pointe d'agacement. Seul
le tapotement de ses doigts sur son verre de bière
vide le trahit. Il faut qu'il se maîtrise et continue à
lui parler calmement. Elle ne se rend pas compte,
évidemment. Elle est encore en état de choc. Bien
sûr, les sollicitations pourront l'agresser, la curiosité frôler le malsain, l'impudique. Mais comment y
échapper ? La vie de Louise est devenue publique.
C'est une forme de devoir pour elle de partager
cette expérience. Voyant sa détresse, il n'ose pas lui
parler des conséquences sonnantes et trébuchantes.
Être une héroïne peut rapporter gros. De quoi aller
se la couler douce à la montagne ensuite, autant
qu'elle le voudra. Pour cela, il faut jouer le jeu, le
jouer serré.

« Bon, allez, je vous emmène dîner, c'est trop
moche ici. »

Jamie's Kitchen est le contraire du Kentucky.
C'est un restaurant chaleureux, aux murs recouverts de bois verni et de couleurs pastel. Pierre-Yves
y prend ses quartiers chaque fois qu'il passe par
Londres. La serveuse est une créature aux cheveux
bleus, arborant des dents éclatantes et un perpétuel
sourire. Dans un coin, une rangée de plantes vertes

amortit les bruits de la salle. Pierre-Yves a précisément réservé cette table. Il a vu juste. Pour la première fois, Louise savoure ce bien-être. C'est de cela qu'elle rêvait : être au chaud, bien manger, sentir la proximité d'autres êtres humains, avoir la liberté de ses gestes, quitter la table si cela lui chante, ouvrir la porte, voir d'autres visages…

Pierre-Yves renoue prudemment la conversation. Il lui raconte quelques épisodes mondains auxquels elle a échappé, le mariage tapageur d'une star, un blockbuster, les potins des derniers J.O. Il a été trop brutal tout à l'heure. Puis il revient doucement à la charge :

« Ne vous inquiétez pas. Je serai avec vous. Je m'occuperai des demandes et vous ne choisirez que ce que vous voudrez. Maintenant, j'ai hâte de vous entendre, Louise. En fait, j'ai des tonnes de questions. »

Rassérénée, elle accepte que Pierre-Yves conduise l'interview. À ce moment précis, s'il l'avait laissée dérouler son histoire, elle aurait tout dit, raconté simplement ce qui s'était passé. Mais lui est pressé. La structure de son papier est déjà bien construite dans sa tête. Pendant cette heure et demie de dîner, il lui faut des réponses précises à des questions précises, de quoi remplir les huit pages qu'il a promises. Ce qu'il veut, c'est du gras, de la chair autour de ce squelette déjà bâti, des détails qui seront extraits de l'article, pour attirer l'œil. D'habitude il est plus à l'écoute, mais cette fois, il a peu de temps, et surtout peur que Louise ne s'effondre en cours de route.

Il pose les questions, elle répond docilement :

« Quel a été votre sentiment quand vous avez découvert la baie vide ? Comment était aménagé le "40" ? Quel est le goût d'un manchot ? Comment fait-on pour chasser l'otarie ? Quand Ludovic a-t-il commencé à être malade ? De quoi est-il mort, à votre avis ? Comment avez-vous trouvé la station de recherche ? Qu'avez-vous envie de faire dans l'avenir… »

Louise explique. Ces questions lui paraissent un peu idiotes, mais elle ne voit pas comment y échapper. Elle s'interrompt fréquemment pour savourer le curry d'agneau et son crumble de légumes. Elle préférerait ne faire que cela, sentir les fibres de la viande glisser sur son palais, le granulé du crumble, le goût des condiments, cette saveur qui mêle piquant et sucré.

Peu à peu, elle devient plus loquace. Raconter libère. Elle avait peur, en convoquant ses souvenirs, de raviver le cauchemar. C'est le contraire qui se produit. Si elle raconte, c'est parce qu'elle est là, bien vivante, dans ce sympathique restaurant londonien, avec ce type attentif. Elle a triomphé, finalement.

Tout serait parfait si, chaque fois que le nom de Ludovic est prononcé, elle ne ressentait pas un tremblement tout au fond d'elle-même. Il n'est pas là, à savourer l'agneau et le crumble. Quand elle parle de lui, elle baisse la voix, comme si elle ne voulait pas qu'on l'entende. Elle esquive, et Pierre-Yves, par égards, n'insiste pas.

Il ne l'a pas interrogée sur son voyage vers la base scientifique, qui lui paraît un point mineur. Elle n'a pas précisé qu'elle l'avait fait deux fois. À aucun moment n'a été évoquée cette étrange et honteuse parenthèse. Ce pan de vie, Louise n'a pas les mots pour le justifier, pas même pour le raconter. Mieux vaut qu'il reste là-bas, dans l'île déserte, loin des oreilles humaines.

Louise s'imagine se retrouver dans la chambre de l'ogre. Le lit pourrait accueillir cinq dormeurs. En face, l'écran de télévision mesure plus d'un mètre de large. À côté, un lourd bureau servirait sans problème à une réunion de huit personnes. D'ailleurs, si l'on veut tenir une réunion, il y a aussi une seconde pièce, avec un autre bureau, un autre écran, des canapés en cuir entourant une gigantesque table basse en verre fumé. Un bouquet de fleurs, tout aussi disproportionné, trône auprès d'une corbeille de fruits. Sur une carte format A4, Pierre Ménégier, manager général du Hilton Concorde, lui souhaite :

« Bienvenue et prompt rétablissement ».

Pour la première fois depuis des semaines, Louise rit. Toute seule dans cette pièce immense, elle se laisse aller à la légèreté devant cette incongruité. Cela l'a déjà démangée en arrivant dans le hall, quand le groom lui a cérémonieusement demandé s'il fallait porter ses bagages dans sa suite. Elle lui a confié les deux bouquets offerts à l'aéroport et le sac en plastique avec les affaires de toilette achetées aux Falkland. Il les a disposés sur la commode comme s'il s'agissait du Saint-Sacrement. Elle a entendu le bruit mat de la porte se refermer, le silence capitonné s'installer. Et elle a ri.

Elle attrape la bouteille dans le seau à champagne. D'ordinaire, il ne lui serait jamais venu à l'esprit de boire seule. Mais c'est compulsif. Juste pour entendre le bruit du bouchon, remplir le verre, le verser dans l'évier si elle en a envie. Gaspiller ! Ne plus compter, ni gérer la pénurie, ni angoisser en pensant à demain, être de retour au pays de l'abondance.

La salle de bains a la taille d'une chambre. Louise vide dans la baignoire tous les flacons de sels rangés comme des petits soldats autour du lavabo et s'enfouit sous cinquante centimètres d'une mousse au puissant parfum de vanille. L'eau est si chaude que sa peau vire au rouge écrevisse. Elle ne pense à rien, s'assoupit presque dans ce liquide amniotique.

Il faudrait qu'elle arrive à remettre un peu d'ordre dans sa tête, dans sa vie, mais ce ne sont que des instantanés des dernières heures qui affleurent à sa mémoire.

Elle se remémore le type en costume qui l'embrasse mollement et lui offre des fleurs, Pierre-Yves lui souffle que c'est le sous-secrétaire d'État. Le photographe lui demande de sourire mais sans ouvrir la bouche, parce que ce n'est pas joli sur la photo. Une dame tend un papier et un stylo dont Louise ne comprend pas l'usage. Pierre-Yves, encore lui, souffle… autographe… Avant son interview, le moniteur de télévision vante de la nourriture pour chiens qui a l'air plus appétissante que ce qu'elle ingurgitait il y a quelques semaines. Elle fait face à des micros, des questions, encore des micros, encore des questions. Ce qui l'a le plus surprise, ce sont ces applaudissements sans fin, quand elle a pénétré dans le salon d'honneur d'Orly.

Il lui semble être arrivée au sein d'une étrange peuplade dont elle ne comprend plus les coutumes.

C'est pourtant le même monde, les mêmes êtres humains qu'elle a quittés il y a moins d'un an.

Le déjeuner qu'on lui a ménagé en famille a été un ratage total. Ses parents, ses deux frères et leurs femmes sont seuls admis au restaurant dont la note est payée par *L'Actu*. C'est une grande brasserie, près du journal, bruyante et affairée, le contraire de ce qu'il faudrait à Louise. Dans le brouhaha des conversations, au milieu du va-et-vient des serveurs, la famille tente des retrouvailles. Dans le salon d'honneur, ils se sont bien sûr tombé dans les bras sous l'œil voyeur des caméras. Mais la famille Flambart est divisée. Les parents préféreraient que ce tapage se calme. Ils craignent les commérages des voisins, les interpellations du boucher ou du boulanger. Les frères de Louise ont moins le culte de la discrétion. Ils sont soulagés de retrouver leur petite sœur vivante, leur sœurette, « la petite » et se sentent flattés de cette notoriété soudaine, qui rejaillit en partie sur eux.

Louise aurait aimé que ces retrouvailles soient simples. Avec ceux que l'on aime, même après une longue séparation, on reprend la conversation là où on l'a laissée. On est uniquement porté par la connivence et la tendresse. Mais, depuis toujours, il y a eu

164

si peu de conversations entre eux, une si faible connivence. À travers leurs réflexions, elle comprend que
c'est incongru que ce soit elle « la petite » qui occupe
le devant de la scène. À croire qu'ils vont lui demander de se justifier, de s'excuser d'être à l'origine de
ce tohu-bohu.

La plupart de leurs questions concernent le naufrage, la survie, le drame. Elle trouve cela dévalori-
sant. Elle voudrait raconter aussi tous les bonheurs
du voyage, ces mois merveilleux de vagabondage.
L'une de ses belles-sœurs revient sans cesse sur les
pires événements. Une seconde, elle l'imagine se ren-
gorger chez le coiffeur :

« Mais oui, ma petite belle-sœur étranglait les
oiseaux à mains nues et les mangeait crus… Vous
vous rendez compte ! »

Elle ne sait pas si cette vision la fait rire ou la salit,
comme si on l'exhibait. Ne reste-t-il rien de leurs relations que ces reproches ou ces tentatives de s'acca-
parer une notoriété ? Elle s'en veut d'être insensible
à leur souffrance. Eux n'ont rien demandé, ni tiré
aucun plaisir de son aventure. Ils ont juste angoissé
quand elle a disparu. Peut-elle les critiquer de ne rien
comprendre ?

Son père l'achève en lâchant :

« Je t'avais bien dit, de toute façon, que ce voyage
n'était pas une bonne idée. »

Elle voudrait lui crier : si ! Cela s'est peut-être
mal fini, mais elle n'a jamais rien vécu d'aussi riche,
d'aussi dense. Elle n'a jamais autant goûté la vie que
pendant ce voyage. Elle jurerait que c'est cela qu'ils
lui reprochent. Elle perçoit bien qu'elle n'arrivera

pas à se faire entendre. Elle a toujours été différente, incomprise. Rien n'a changé. Mais la Louise d'aujourd'hui n'est plus « petite », elle a grandi sous les épreuves. Ils ne l'ont pas encore remarqué, et elle ne sait pas comment le leur signifier. Vaincue, elle baisse le nez dans son assiette, comme une petite fille.

Quand sa mère lui demande ce qu'elle va devenir, si elle peut reprendre son travail tout de suite, récupérer l'appartement sous-loué, elle répond à la limite de la politesse. Elle n'en sait rien et cela n'a aucune importance.

Au moins, une chose est claire : elle ne veut plus que sa famille se mêle de sa vie.

Heureusement, l'après-midi est apaisant. La fameuse Alice est entrée en action. C'est une jolie femme, blonde décolorée, vêtue avec un chic négligé, une boule d'énergie, extravertie, au rire facile et contagieux. Elle traite Louise comme une vieille copine, sous-entendant que toute cette histoire est une bonne blague dont elles vont tirer les ficelles. Elle a déjà négocié gratuitement cette semaine au Hilton Concorde.

« Tu vas voir, c'est génial. Tu l'as bien mérité. Kookaï et Zara sont d'accord pour t'habiller. J'ai pensé que ça serait ton style et tu vas avoir besoin de nippes. Je vais voir aussi pour le coiffeur demain. Et ça te dirait, un massage ? Ou un hammam ? C'est tellement détendant ! »

Louise s'abandonne. On ne lui demande rien, on lui offre tout, on la chouchoute, on la complimente. Tout en allant et venant dans les cabines d'essayage, elle s'inquiète vaguement d'entendre Alice parlementer au téléphone avec magazines, radios et télévisions. Il est parfois question d'argent.

« Ne t'inquiète pas, je gère et j'irai avec toi partout pour qu'ils ne te cassent pas les pieds. Prends le petit boléro, il te va bien, mais pas le pull vert, il te donne une mine affreuse. »

Alice rit, papillonne, et tout devient simple.

Louise finit par sortir du bain et s'enveloppe d'un épais peignoir. Elle s'enfouit dans la double rangée de coussins disposés sur le lit. Ce luxe dépasse de loin ce qu'elle a connu, sans parler du taudis de la vieille base. Il produit sur elle un effet lénifiant.

Une heure plus tard, un dîner tient lieu de conseil de guerre : Louise, Alice et Pierre-Yves. Ils se sont fait monter à dîner dans la chambre et Louise découvre le poids des couverts en argent.

Depuis la séance de shopping, Alice, qui n'oublie pas d'être femme d'affaires, a établi des contrats d'image qu'elle lui fait signer.

« On va cartonner. J'ai déjà presque tout le monde dans la poche. Les télés ce soir, les journaux de demain et surtout les huit pages de *L'Actu* vont faire monter les enchères. »

Suit une explication détaillée des médias qui sont déjà dans le collimateur d'Alice. Elle se perd à expliquer les tractations, les interviews qui seront gratuites, celles qui seront payantes, et combien. Elle décline l'ordre quasi protocolaire dans lequel les journalistes seront traités, le nombre de pages à en attendre, avec ou sans photo, en direct ou en différé.

Pierre-Yves s'aperçoit que Louise s'est mise à lisser l'accoudoir du fauteuil comme le faisait sa mère, quand il était allé la voir. Le tic familial ressurgit dans les moments de gêne, quand le tabou de l'intimité est attaqué.

« Louise, tu es devenue un personnage public. Tu n'en as peut-être pas envie, mais c'est ainsi, alors, mieux vaut l'accepter et y trouver des avantages. Je suis journaliste depuis quinze ans, des histoires comme la tienne, on n'en entend pas souvent. »

Louise lève mollement le bras en dénégation.

« Je te le répète : tu n'y peux rien. La force de ton aventure, c'est que chacun peut s'y projeter. Nous avons tous peur de tout perdre, de nous retrouver déclassés, au chômage, de subir un attentat, une catastrophe nucléaire, que sais-je. Toi, tu t'es battue, tu as survécu. Quelle inspiration ! Quand tu étais petite, il n'y a pas eu des gens que tu admirais et qui t'ont fait grandir dans ta tête, qui t'ont poussée à aller de l'avant ? Eh bien, aujourd'hui, c'est toi qui as ce rôle. Ne déçois pas ! »

Il vise juste, Pierre-Yves. Depuis le début, ses intuitions ont été les bonnes. Faire appel ce soir à sa raison, à son altruisme, en quelque sorte, touche dans le mille. Raconter son histoire prend une dimension morale qui atténue le côté exhibitionniste.

« Tu verras, ils vont tous te poser les mêmes questions, tu peux déjà préparer les réponses. Le secret, c'est qu'il faut que ce soit toi qui mènes le jeu. Alice ne va pas me contredire. Plus tard, nous prendrons le temps, pour le livre, d'aller au fond des choses. Je t'avoue que moi aussi, cela me fascine, ce qui t'est arrivé. »

Alice lui attrape gentiment le bras.

« Je les connais par cœur, ces journalistes, même ceux comme Pierre-Yves, ajoute-t-elle avec son petit rire de gorge. Je t'assure, tout va bien se passer. »

À cet instant, entourée de ses deux alliés, Louise se sent rassurée. Sauf que, depuis que Pierre-Yves a prononcé le mot « survécu », autre chose lui encombre l'esprit : elle a un devoir. L'idée fait son chemin dans sa tête, se dévoilant par petites touches, comme le faisaient les tirages dans le bac du club photo du lycée. On ne voyait d'abord que de vagues taches sombres, puis les contours s'affirmaient, enfin les détails, le grain des matières, les ombres et, tout à coup, la réalité était là, couchée sur le papier. Elle met enfin des mots sur ce qu'elle porte confusément en elle, depuis que le navire de recherche est apparu dans la baie : il faut appeler les parents de Ludovic.

Elle doit parler avec eux, parce qu'elle a survécu. Mais elle n'est pas bien sûre de ce qu'elle va pouvoir leur dire.

« Service petit déjeuner, madame ! »

Louise, qui a dormi pesamment après le champagne et deux verres de chablis, émerge brusquement en entendant frapper à la porte. Une seconde, elle se demande où elle est et quel jour on est. Puis tout lui revient et elle bondit dans son peignoir, déjà gênée de faire patienter le serveur.

Comme hier, elle trouve le service maniéré, mais l'eau lui vient à la bouche à la vue de la corbeille débordant de mini-viennoiseries, de pains craquants et de la rangée de petits pots de confitures. Même pour le petit déjeuner, il y a une gigantesque serviette brodée et une ribambelle de couverts. Louise commence à comprendre que richesse rime avec grandeur, lourdeur et nombre.

« On m'a dit de vous porter la presse également. Bonne journée, madame. Notre établissement est fier de vous accueillir. »

Une pile de journaux déborde de la table roulante. Louise a un choc. Elle apparaît en couverture de la quasi-totalité des quotidiens. Des photos toutes similaires, prises hier à l'aéroport, où elle a l'air pitoyable dans son pull mauve trop grand. Les néons de la salle d'Orly accentuent son teint blafard et font ressortir le creux de ses joues. Ses cheveux mal coupés pendouillent de chaque côté de son visage, l'allongeant encore. Elle en rirait presque, mais les titres la troublent. Ce ne sont que des « Échappée de l'enfer », « La rescapée du froid », « Louise Flambart : la mort en face » et autant de variations. C'est trop ! Elle avait bien imaginé un peu d'emphase, mais cela dépasse les bornes. À part deux articles qui restent factuels, la plupart brodent à l'infini sur le froid, la faim, la mort de Ludovic, la solitude. Si elle reconnaît des phrases qui sont entre guillemets, leur contextualisation accentue l'aspect dramatique. Elle note avec agacement qu'on la dépeint surtout comme accablée, impuissante, livrée aux éléments. Pourtant, elle a aussi abondamment raconté leur façon de s'organiser et de lutter.

Le titre de *L'Actu* détonne sur les autres et l'énerve : « Elle survit au bout du monde ». Elle y voit une forme de soupçon, presque une accusation. Et alors, est-ce sa faute si elle est vivante ?

Pendant une seconde, elle se demande si Pierre-Yves aurait eu vent de son premier voyage à la base scientifique. Elle ne se souvient pas d'en avoir parlé à quiconque.

Un frisson la saisit devant la couverture. Elle reconnaît immédiatement la photo. Ludovic et elle sont enlacés, souriants. Elle a encore une corde roulée autour d'une épaule et lui brandit fièrement le poing. C'était il y a cinq ans. Elle se souvient, comme si elle y était, de cette sortie d'une voie facile dans l'aiguille de la Glière. Ce doit être la deuxième ou la troisième fois qu'elle l'emmène et il s'en est bien tiré. Il a le visage encore rouge sous l'effort et les boucles collées par la sueur. Son tee-shirt un peu trop ajusté fait ressortir sa musculature. Il est craquant. Il vient d'arriver, elle le félicite et en profite pour se couler dans ses bras. Ce doit être Sam, l'éternel compagnon de cordée, qui a pris la photo. Le cliché présente un léger flou qui souligne la précipitation avec laquelle ils se jettent l'un vers l'autre. Il y a une telle force d'insouciance, de vitalité, d'éclatante tendresse que Louise prend subitement son deuil en pleine face.

Depuis la disparition de Ludovic, Louise est restée sur ces images du « 40 ». Cet homme-là ne lui manquait pas. Elle était également trop préoccupée d'elle-même. Survivre absorbait toute son énergie, ne laissait aucune place pour les sentiments ou la tendresse. Maintenant qu'elle est physiquement à l'abri, le cœur et l'esprit reprennent leurs droits. Devant ce portrait, elle frémit de désir. Elle les veut là, ses yeux bleus, la pulpe de ses lèvres, ses bras qui l'écrasaient parfois trop, son sexe affamé. Un immense vide l'envahit, partant de sa poitrine vers son ventre et jusqu'au creux de ses cuisses. Elle se sent inutile, rongée de l'intérieur par un acide qui ne lui laisserait que sa carcasse. La dernière fois qu'elle a pleuré Ludovic, c'était au « 40 », devant ce visage décharné. Larmes d'impuissance et de honte. Aujourd'hui, l'amante se désespère, s'apitoyant sur sa perte.

Le thé refroidit et la tasse se couvre d'une fine pellicule aux reflets argentés. Dans la grande chambre, les sanglots s'espacent peu à peu. Louise voudrait juste dormir, partir, sombrer.

Près d'une heure plus tard, quand Alice toque à la porte, elle la trouve encore dans son peignoir, le visage ravagé. Elle note les journaux éparpillés et le petit déjeuner à peine entamé. Elle passe son bras autour des épaules de Louise comme on le fait pour calmer un chagrin d'enfant.

« Courage, Louise, j'imagine ce que tu ressens. J'ai perdu un frère, il s'est suicidé, il y a trois ans. »

Alice a ravalé son éternel sourire, sa voix s'est un peu cassée pendant qu'elle lui lisse les cheveux, machinalement.

« On ne s'en remet pas vraiment, mais on peut aller au-delà. Crois-moi, la vie te rattrapera. Ce qu'il faut, c'est continuer et surtout voir du monde, être active. »

Au fur et à mesure qu'elle parle, Alice se maîtrise et sa voix s'affirme à nouveau.

« Tu as montré combien tu peux être forte, tu sauras surmonter ce chagrin aussi. Allez, habille-toi, nous avons une grosse journée toutes les deux… tout va bien se passer », ajoute-t-elle comme un mantra.

Louise se laisse prendre en main : eau froide sur le visage, douche brûlante, thé chaud, vêtements neufs, taxi…

« Tiens, je t'ai acheté un téléphone portable. Attention, ne donne pas le numéro à la presse, sinon tu ne seras jamais tranquille. »

Louise n'avait pas prévu que le retour serait si difficile. Là-bas, elle était obsédée par l'idée de rentrer, manger, être au chaud, revoir des humains. La vie était-elle déjà si compliquée, avant ? A-t-elle simplement oublié ou idéalisé le monde des hommes ? Si elle était seule, elle rentrerait bien à nouveau en hibernation, comme dans la base scientifique. Mais il y a Alice, qui s'occupe de tout, qui ne la lâche pas d'une semelle. Alice dont elle a perçu la faille tout à l'heure et à qui elle veut faire plaisir. Alors elle se laisse diriger, rassurer par cette femme exubérante et maternelle.

Les jours filent à toute allure. Trois semaines déjà qu'on l'applaudissait à Orly et, depuis, Louise a l'impression que l'on n'a pas arrêté de l'applaudir. Alice est là, toujours, tout le temps, répétant en antienne : « Ne t'inquiète pas, ne t'inquiète pas. »

Ensemble elles courent des plateaux de télévision aux studios de radio en passant par les bars des grands hôtels pour rencontrer la presse écrite. Elles ont même poussé jusqu'à Genève et Bruxelles. Au début, Louise s'est laissé remorquer d'un endroit à l'autre, pourvu qu'on ne la quitte pas. Maintenant, elle s'avoue y prendre du plaisir. La télévision, surtout, l'amuse. Autant de gens pour ce résultat dérisoire ! Mais tout le monde est sympathique. On l'appelle par son prénom. Elle aime s'abandonner aux mains des maquilleuses. Elle qui mettait à peine du fard à paupières est ravie d'être pomponnée par d'autres. Les filles s'appliquent sur son visage, à petites touches, comme si elles peignaient un tableau, farfouillant dans des paquets de crayons et de tubes de fond de teint. Elles ont toujours une phrase sur son courage ou une demande d'autographe qui, maintenant, ne la désarçonne plus. Une loge l'attend avec son nom sur la porte, des paniers de sucreries qu'elle engouffre comme si elle avait encore faim. En riant, elle lâche à Alice que ce doit être vraiment cool d'être actrice et qu'elle adorerait essayer. L'autre éclate de rire, comme d'habitude, puis reprend son sérieux :

« Après tout, si ça te dit, ça pourrait être porteur. Je vais en parler à deux ou trois réalisateurs pour te faire faire un essai. »

Alice est formidable, rien ne lui résiste.

À la télévision, Louise aime surtout ces vastes coulisses sombres, ces gens qui ont l'air de parler tout seuls dans leur micro. C'est un ballet qui se règle au millimètre. Chacun attend, tout à coup accomplit une tâche qui paraît minime, et le puzzle se complète. Elle aime rester là, au milieu de ces marionnettistes, dans l'envers du décor.

Tout à coup, on la pousse dans la lumière.

« C'est à vous. »

Elle entre, on l'applaudit. On lui pose les questions prévues. Elle répond, toujours la même chose. Elle a rapidement identifié quelques anecdotes ou des bons mots dont elle a testé l'effet et qu'elle replace. À force d'être racontée, son aventure devient légende. Elle en a sculpté les détails, comme lorsqu'elle se racontait ses histoires d'enfant. Au début, elle s'en veut de tourner le projecteur complaisamment. Peu à peu, elle ne distingue plus la réalité du récit. Il n'y a pas de vrais mensonges, juste des améliorations et des omissions. Alice avait raison, ce qui compte, c'est que l'histoire soit jolie. Personne ne pourra jamais vérifier. Certaines situations demanderaient trop d'explications. Comment raconter que Ludovic et elle se sont battus lors de l'épisode du Cruise Ship ? À quoi bon expliquer qu'elle avait parfois des envies de meurtre pour une cuillerée supplémentaire d'un ragoût ignoble ? Qui s'intéresse au fait qu'elle soit partie une première fois à la base scientifique pour revenir ensuite ? Tout cela n'a aucune importance au sein de ce grand jeu, dans cette tranquillisante futilité.

Au soir de leur première journée médiatique, Louise ne trouve pas le sommeil, malgré la fatigue. Dès qu'elle éteint la lumière, le silence de la chambre la trouble. Ou plutôt non, ce n'est pas cela qui la rend anxieuse, mais le téléphone qu'Alice lui a donné. Depuis qu'elle l'a en main, elle n'a plus d'excuse pour ne pas appeler les parents de Ludovic. Elle a été soulagée de ne pas les voir à Orly. Elle est incapable de leur rendre visite, mais il faut au moins leur téléphoner, en priant pour que cela suffise.

Elle ne s'est jamais expliqué pourquoi elle a toujours ressenti de la gêne avec eux. Ils l'ont accueillie gentiment, mais avec la pointe de condescendance de parents habitués à voir surgir la énième conquête de leur rejeton. Même s'ils étaient devenus plus chaleureux au fil des mois, Louise avait le sentiment qu'ils la considéraient comme en sursis. Avant elle, il y avait eu Charlotte, Fanny, Sandrine et on ne sait plus qui. Après elle, on continuerait à égrener la liste. Elle entendait parfois, au détour d'une infime hésitation, qu'ils s'appliquaient à ne pas gaffer en se trompant de prénom.

Elle ne s'était jamais non plus vraiment avoué qu'elle était jalouse. Oui, jalouse de ces parents cultivés et modernes. Quand il y avait des repas réunissant les deux familles, Louise était au supplice. Sa mère était trop apprêtée dans sa robe digne des années 1980, son père ridicule en costume-cravate. Hélène, sa belle-mère, était craquante, en pantalon stretch noir, un simple tee-shirt sous une veste rose et son beau-père, Jef, arborait négligemment un maillot de rugby siglé Eden Park. Instinctivement, Louise avait pris le parti de ses parents et mentalement reproché à ceux de Ludovic d'accentuer la différence.

Au fond, elle s'était à nouveau retrouvée dans le rôle de « la petite », mais dans un autre sens : la petite copine, puis la petite fiancée encore mal dégrossie, celle qui ne savait pas composer un cocktail ni faire de la voile et que l'on emmenait voir Jeff Koons pour lui faire son éducation. Ces attentions l'humiliaient, bien que rien dans l'attitude de ses beaux-parents ne donnât jamais lieu à une crise. Ils étaient courtois. Au fond, ils se foutaient bien que ce soit elle ou une autre.

Quand ils avaient décidé de partir en bateau, Hélène et Jef avaient applaudi :

« Quelle belle idée, profitez-en pendant que vous êtes jeunes. D'ailleurs, nous irons peut-être vous rejoindre en Afrique du Sud. C'est un pays magnifique, nous avons gardé un tel souvenir de notre séjour au Kruger Park ! »

Pour eux comme pour Ludovic, la vie se devait d'être une fête. Évidemment, ce n'étaient pas les parents de Louise qui prenaient des vacances au Kruger Park.

Au déjeuner de famille, à son retour, Louise avait appris que c'était Jef et Hélène qui s'étaient inquiétés les premiers. Ils avaient pris l'habitude de recevoir un ou deux mails par semaine et trouvé anormal qu'on ne leur réponde plus. Ils avaient alors alerté toutes les instances possibles : la police, le ministère des Affaires étrangères, le service de recherche en mer, les consulats d'Argentine, du Chili et d'Afrique du Sud, les revues de voile et les sites Internet de voyageurs. Puis ils avaient retrouvé trace des voiliers fréquentant la zone. Ils avaient entretenu avec eux une abondante correspondance. Par relation, ils étaient entrés en contact avec l'un des plus célèbres routeurs météo de course au large qui avait fait une recherche sur les tempêtes s'étant déroulées entre Ushuaia et Capetown au cours des six derniers mois. Mais rien, leur fils unique s'était volatilisé.

La table de leur salon ne servait plus aux cocktails mondains. Elle ressemblait à celle d'un état-major, encombrée de cartes, de messages, de feuilles de calculs d'une hypothétique dérive au gré des courants marins. Hélène se serait mise à boire, disait la mère de Louise, qui l'avait eue régulièrement au téléphone.

Louise sait tout cela. Toute la journée, en compagnie d'Alice, elle a repoussé le moment de téléphoner : trop de bruit, pas assez de temps, pas envie d'être écoutée par le chauffeur du taxi, trop pressée de se changer pour aller dîner, finalement c'était trop tard. Maintenant, elle se morfond sans trouver le sommeil. Demain, à la première heure, il faut y passer, elle ne peut plus déroger. C'est un peu comme les devoirs à la maison qu'il valait mieux expédier dès le samedi midi en rentrant du lycée, sous peine de les voir vous gâcher le week-end. Il faut leur parler pour en finir.

Hélène décroche à la première sonnerie, la voix est plus dure et cassante que Louise ne s'en souvenait.

« C'est Louise.

— Oh, ma petite Louise, j'ai vu que vous étiez rentrée. »

« Ma petite », ça commence mal. Et cette critique à peine voilée de ne pas s'être manifestée plus tôt. Louise prend sur elle, cette femme a perdu son fils adoré. Personne ne s'en remet jamais.

« Pardonnez-moi, Hélène, ça a été si bousculé depuis deux jours. Mais je ne fais que penser à vous deux. »

Ça, c'est vrai. Les parents de Ludovic la hantent. Le remords de ce qu'elle n'a dit à personne la ronge. Elle l'a ruminé toute la nuit : lui dire ou pas ?

« Dites-moi tout, Louise, je vous en prie. Nous allons bientôt nous voir pour l'enterrement, mais je veux savoir tout de suite. »

L'enterrement ! Bien sûr, on lui a dit aux Falk-land que le corps avait été récupéré et serait rapatrié. Elle s'est interdit d'y réfléchir. Le corps… les rats… Elle est saisie d'une furieuse envie de vomir. Elle murmure :

« Ils vont le ramener ?

— Oui, je ne sais pas quand, ça a l'air très compliqué, mais ils le feront, c'est essentiel. »

Il y a une détermination tragique dans la voix d'Hélène.

Alors Louise parle. L'accident, le combat pour la vie. Et elle ment, par omission, mais elle ment sur le fameux séjour à la base scientifique. De toute façon, la vérité ne fera pas revenir Ludovic. Hélène se désespérera en imaginant qu'il aurait pu y avoir une alternative. La nuit où Louise a pris la décision de partir, elle avait compris qu'il était quasi mort, cassé de l'intérieur. Mais c'est une chose inaudible pour une mère.

La conversation dure trois quarts d'heure, entrecoupée de sanglots d'un côté comme de l'autre. On pleure Ludovic, on pleure sur sa propre douleur, on pleure la fin d'une forme d'innocence.

Louise finit par raccrocher en assurant que bien sûr il faut la prévenir tout de suite de la date des obsèques.

Mais il n'y a rien au monde auquel elle souhaiterait plus se soustraire.

Louise est également happée par la réorganisation de sa vie. Jamais elle n'avait prêté attention à la complexité ordinaire de l'existence. Rentrée sans rien d'autre que le sac de toilette dérisoire des Falkland, elle a besoin de nouveaux papiers, d'une carte bancaire, de racheter un ordinateur et un téléphone bien à elle. Il lui faut démêler les problèmes avec l'assurance du bateau qui refuse de payer, arguant du fait qu'ils ont naufragé près d'une île qui leur était interdite. Elle court donc les administrations, servie par sa subite notoriété qui amadoue les fonctionnaires et les banquiers. Les amis qui occupent l'appartement ont proposé de partir en urgence, mais elle a refusé. Revenir dans le théâtre de sa vie heureuse l'effraie. Après la semaine au Hilton, elle s'est installée dans un hôtel modeste de Montrouge. Elle n'arrive pas à se décider à chercher un appartement, comme au temps de son célibat.

Le centre des impôts du 15e lui a réservé un accueil de ministre. La directrice a prononcé un discours chaleureux, ses collègues l'ont acclamée et lui ont offert un « kit de retour à la vie parisienne » : sac

à main, chapeau, gants et parapluie. Administrative-
ment, son année sabbatique a expiré, elle est donc
théoriquement rayée des listes du personnel, mais on
lui a promis que le dossier était déjà parti en haut lieu
et qu'il y aurait une exception. Louise n'est pas bien
sûre que cet arrangement aboutisse et, comme pour
l'appartement, elle n'a pas très envie de revenir à cet
ancien travail. La seule idée de quitter le centre le
soir, pour ne pas retrouver le « 40 », ne pas attendre
le cliquetis des clés de Ludovic dans la serrure, ne
pas attraper son sac et aller dîner en amoureux, tout
cela lui redonne ce sentiment de vide insupportable
qu'elle a éprouvé le premier matin au Hilton, et qui
la tourmente régulièrement.

Le seul épisode désagréable a été la convocation au
commissariat du 15e.

« Désolés, madame, nous sommes dans l'obligation de prendre votre déposition. Vous comprenez,
il y a mort d'homme. »

En fait, la moitié du commissariat s'est débrouillée
pour passer dans le bureau et l'audition a été totalement décousue. Le commissaire principal, qui s'est
octroyé le dossier, lui souffle les réponses au fur et à
mesure qu'il pose les questions, en lui proposant un
café tous les trois mots. Louise ne se souvient donc
pas vraiment de ce qu'elle a signé. Elle a déchiré sa
déposition en sortant.

Quand elle ne court pas les médias avec Alice, elle
passe son temps avec Pierre-Yves. Ils s'enferment
dans sa chambre d'hôtel et se font monter des cafés
et de l'eau minérale. Dans l'espace nettement moins
grand qu'au Hilton, elle est sur le lit, calée par

l'oreiller, dans son éternelle position, jambes repliées et bras serrés autour des genoux. Lui est assis sur l'unique chaise qu'il a tournée pour lui faire face, griffonnant dans un cahier à petits carreaux. Le véritable instrument de travail, c'est le magnétophone, un vieux PCM qu'il trimballe depuis des lustres. Le bon à-valoir qu'il a négocié avec l'éditeur lui permet de payer une étudiante qui transcrit les enregistrements. Pierre-Yves ne note que ce qui lui vient à l'esprit au fur et à mesure que Louise parle : des questions pour la relancer, des illustrations ou des références à trouver, des personnes à contacter, et surtout des thèmes qui vont structurer le livre. Car il ne veut pas d'un simple récit d'aventure. Depuis le début, il est persuadé que l'histoire de Louise et de Ludovic va résonner en chaque lecteur. Elle tend un miroir à notre société sophistiquée, mais où le déclassement et le dénuement guettent chacun. Elle rejoint certaines théories de retour à la nature, forcé ou consenti, qui refont aujourd'hui surface. Sur la première page de son cahier, il a noté les idées fortes :

– Être, soudain, seuls.
– Passer de la société du tout à celle du rien.
– Être isolé à l'heure de la communication mondialisée.
– Faire face à une nature hostile.
– Réapprendre des intuitions ou des gestes ancestraux.

Quand il essaye de se mettre à leur place, c'est ce qui lui aurait été le plus problématique. Ils ont passé plusieurs séances sur son enfance, sa formation, l'esprit dans lequel elle a été élevée. Puis ils ont abordé le pourquoi du voyage, sa préparation, son déroulement. Il ne sait pas encore si tout cela figurera dans le livre, mais il en a besoin pour s'imprégner de ses deux personnages.

Mais, plus encore, Pierre-Yves voudrait percer la relation entre ces deux êtres abandonnés. Pour avoir effectué une rapide bibliographie des naufrages, il a compris combien l'enjeu est souvent l'état d'esprit à l'intérieur du groupe, les hiérarchies, les alliances qui s'instaurent. Comment les protagonistes se révèlent anges ou démons, ceux qui décompensent psychologiquement, loin de tout repère social. C'est cette matière-là qu'il veut travailler avec elle.

Au fond, ce qui fascine Pierre-Yves, c'est que le rêve de Louise et Ludovic, ils sont nombreux à le partager : s'échapper de cette société pesante et pressée, des pollutions des grandes villes, prendre le large et la liberté, retrouver la nature et de vrais rapports humains. Or là, sous ces yeux, cette utopie s'est transformée en cauchemar. Il voudrait comprendre. Est-ce leur faute ? Ont-ils démérité ou n'avaient-ils aucune chance d'y arriver, vu leurs origines ? La société d'abondance les a-t-elle coupés de réflexes indispensables ?

Un instant, il se demande s'il ne tenterait pas l'expérience de se faire larguer sur une île déserte quelque temps, juste pour voir. Mais l'exemple de la femme souffrante qu'il a devant lui l'en dissuade.

Pour Louise, ce qui paraît un déballage devient une thérapie. Elle est, pour la première fois de sa vie, au centre du jeu, sujet essentiel et non pièce rapportée. Jusqu'à maintenant, seul Ludovic lui avait porté réellement attention. À travers la médiatisation, le regard posé sur elle est positif mais superficiel. Là, face à Pierre-Yves, dans le confinement de cette chambre austère qui ressemble à un cabinet de psychologue, elle a le sentiment d'exister réellement. Sa vie se déroule, se met en perspective. Elle n'y trouve pas le sens de son aventure, mais au moins l'ordonnancement, l'emboîtement des pièces du puzzle qui l'a amenée là.

Pierre-Yves, à l'affût, note les sujets qui altèrent sa voix, comme au premier jour, quand il l'avait eue au téléphone sur l'*Ernest Shackleton.* Ce sont autant de thèmes sensibles sur lesquels il pense revenir, plus tard. Il ne veut pas la brusquer, encore moins la blesser. Elle a eu son compte.

Il s'est demandé, un peu cyniquement, s'il aurait une relation amoureuse avec elle. Parfois, elle est émouvante, fragile, recroquevillée sur le lit, avec ses yeux verts dans le flou et un rayon de soleil de novembre qui souligne sa peau blanche sur sa frange noire. Mais non. Il se sent plutôt comme son grand frère. S'il a envie de la prendre dans ses bras, c'est pour la consoler de la perte de Ludovic, qu'il sent irréparable, pour la préserver de ce monde dur qui risque de la rejeter quand elle aura lassé, dans les émissions en prime time. Un peintre peut être amoureux de son modèle qu'il va magnifier, mais lui veut surtout la disséquer, mettre sous la loupe ces huit mois de débâcle pour en extraire quelques vérités intangibles.

Louise n'a pas eu de mal à lui parler de la bagarre à l'arrivée du Cruise Ship et de toutes leurs petites dissensions. Elle a aussi raconté leurs émotions communes, leurs solidarités, leurs connivences et cela fait contrepoids. Ils ont vécu, somme toute, une relation de couple normale, alternant bons et mauvais moments, à peine exacerbée par la situation. Le seul épisode auquel elle ne peut toujours pas faire allusion, c'est ce premier aller et retour. Pierre-Yves a flairé une péripétie secrète en la voyant se tordre les mains de manière inhabituelle quand elle a expliqué qu'elle était partie après sa mort. Puis il a mis son attitude sur le compte de la souffrance à se remémorer l'agonie de son compagnon. Tout est plausible : rester au « 40 » est impensable après cette disparition, elle part dans une aventure un brin suicidaire, elle tombe par hasard sur la station scientifique. Alors, pourquoi a-t-il noté dans son cahier qu'il faudrait reparler de ce voyage ?

Louise n'arrive pas à s'expliquer pourquoi elle tait cet épisode, même à cet homme en qui elle a toute confiance. Une honte brute l'envahit, lui paralyse le cerveau quand elle tente d'y penser. Il faudrait formuler qu'elle a trahi son amour, trahi ses rêves d'enfant de justicière, trahi son humanité même. Plus elle parle de son aventure sans mentionner ce moment, plus il devient indicible. Le révéler maintenant serait désastreux. Depuis son retour, elle vit sur un capital d'image et de sympathie qui lui sert de viatique pour redémarrer sa vie. Être traitée en héroïne vous ouvre de nombreuses portes. Mais une héroïne n'a pas le droit de fauter. Elle doit être pure, parfaite, inattaquable. Revenir sur ce seul épisode déstabilise tout le reste, sème le doute.

Par moments, à force de rapporter une réalité tronquée, elle sombre dans le déni. Comment tout cela s'est-il réellement passé ? Est-elle restée si longtemps à la base scientifique avant de revenir au « 40 » ? Après tout, elle n'a pas compté les jours. Ludovic n'aurait-il pas fait quelques imprudences tout seul, comme en témoignaient les bleus qu'il portait sur les jambes ? N'y aurait-il pas de sa faute ?

Souvent, quand ils jugent qu'ils ont suffisamment travaillé, ils sortent bras dessus bras dessous boire un verre. Le bruit des percolateurs et des soucoupes que l'on empile, les vitres embuées atténuant le paysage urbain, l'odeur des manteaux mouillés : Louise entrevoit la vie qui lui plairait. Face à face devant leurs bières, ils ont l'air de n'importe quel couple qui se retrouve après la journée de travail.

C'est ce que voudrait Louise : redevenir normale. Mais une héroïne n'est pas normale.

Hélène finit par appeler. Louise commençait à espérer que ce coup de téléphone ne viendrait plus. Que Ludovic resterait aux Falkland, dans le petit cimetière aux giroflées qu'elle a aperçu. Mais non, l'imbroglio administratif s'est résolu.

« L'enterrement sera jeudi. On se retrouvera à la maison à 10 heures. Je t'ai envoyé la liste des gens auxquels j'ai pensé et dont j'ai l'adresse. De fil en aiguille, nous serons une centaine, mais si tu en vois que j'ai oubliés, complète ! Je ne connaissais pas tous vos amis. »

Hélène a une voix atone. Elle donne l'impression de se moquer comme d'une guigne de qui Louise voudrait inviter. C'est son fils que l'on enterre, pas le compagnon de Louise. De toute façon, cette dernière n'a aucune envie de s'en mêler.

Au cimetière, il fait beau. La lumière blanche de début d'hiver fait luire les dalles de granit. Louise s'aperçoit qu'elle a du plaisir à se retrouver dehors. Depuis son retour, elle a fui tout ce qui pouvait évoquer la nature, refusant même les propositions de Pierre-Yves de balade au parc Montsouris. Quand elle n'était ni avec lui ni avec Alice, elle restait vautrée devant la télévision dans sa chambre. Elle ne voulait plus sentir le vent ni la pluie, ni surtout le froid.

Ils sont tous là, les proches et les lointains, les copains d'école qui se présentent car elle ne les connaît même pas, toute une brochette d'ex, Phil, Benoît et Sam arrivés le matin des Alpes, les deux familles, Pierre-Yves, Alice… L'ambiance, animée par le soleil, est à la croisée d'un enterrement, d'un rendez-vous mondain et de retrouvailles de vieux amis. On écrase une larme, on se serre fort dans les bras, mais on s'exclame aussi de revoir tel ou tel et on rit déjà à l'évocation d'un souvenir commun.

Quand Louise a vu le cercueil, elle a failli s'évanouir. Elle seule peut imaginer ce qu'il y a à l'intérieur. Bien loin du corps d'athlète que tous connaissaient, ce doit être de la bouillie, des lambeaux. Elle se rappelle brusquement l'épisode des rats quand ils étaient allés chercher des manchots dans la baie James et sursaute comme si l'un d'eux allait détaler hors du cercueil avec son pelage humide de sang et de mucus. Pour le transfert international, le cercueil a été scellé, même Jef et Hélène n'ont pas eu le droit de l'ouvrir.

À l'instant où il descend en terre, Louise se surprend à penser avec soulagement : « Il emmène mon secret dans sa tombe. »

Voilà, tout est fini, il repose en paix, selon l'expression consacrée, et elle aussi va la connaître.

La cérémonie est rapide. Les parents de Ludovic, athées convaincus, n'ont pas voulu d'office, mais ont demandé aux participants de revenir chez eux après l'enterrement, pour un moment de souvenir. Chacun a préparé un poème, une anecdote, l'enregistrement d'une chanson qu'il aimait, quelques photos.

Louise comprend alors que la paix n'est pas pour elle. Chaque évocation de Ludovic la crucifie, elle pleure tant que ses amis envisagent d'interrompre la commémoration. Ce torrent d'amitié, d'amour et de sollicitude l'accable quand il devrait la consoler. Chaque mot prononcé l'enfonce dans sa détresse. Elle n'a plus qu'une obsession : elle n'a pas dit la vérité, elle les a trahis. Elle aurait assassiné Ludovic de ses mains qu'elle ne se détesterait pas plus.

Alice et Pierre-Yves assistent, inquiets, à la liqué-faction de leur protégée et décident, d'un commun accord, de la soustraire à la compagnie.

« Tant pis pour les parents, les alpinistes et tout le toutim. Si elle reste, elle file à l'hôpital psychiatrique demain, décrète Alice. On va prendre le thé à la maison et on change de sujet. »

L'appartement d'Alice, dans le 19e, est une bon-bonnière. Pas très grand. Être free-lance n'est pas une sinécure. Il déborde d'objets insolites, dépareillés, des débuts de collections de chouettes de toutes tailles, des rangées de poupées en habits folkloriques, des masques africains, des tableaux, des photos scotchées, punaisées à la diable. On peine à voir la couleur des papiers peints sous l'avalanche d'étagères et de meubles. Mais il s'en dégage exactement la vitalité dont sa propriétaire fait preuve. Ce capharnaüm donne l'occasion à Alice d'enchaîner anecdote sur anecdote à propos de chaque objet. Pierre-Yves s'inquiète qu'il ne faille une semaine pour tout commenter. Mais le visage bouffi de Louise l'incite à surenchérir. Lui aussi raconte les déboires de ses débuts au journal, les tics de ses collègues, les esclandres de la fameuse Marion, la rousse qui tient les pages culture.

Le thé au jasmin est parfait, les macarons de chez Ladurée excellents, on jurerait une fin d'après-midi entre amis pour tenir au loin le soir d'hiver grincheux et, surtout, la terre remuée du cimetière d'Antony.

« J'ai menti. »

Louise a lâché la phrase à voix basse, profitant d'un répit dans la conversation. S'ensuit un silence interloqué. Les deux autres tentent de faire comme s'ils n'avaient rien entendu.

« J'ai menti, je vous ai tous menti. Ça ne s'est pas passé comme cela. »

Sa voix monte dans les aigus, comme une enfant voulant se faire entendre des adultes.

Alice reste la main en l'air sans porter la tasse de thé à sa bouche et esquisse une grimace. Ce ton ne lui dit rien de bon. Pierre-Yves se ressaisit le premier. C'est son métier. Pour un peu, il sortirait son cahier à petits carreaux.

« Qu'est-ce que tu dis, Louise ? Quand as-tu menti ? Sur quoi ? »

Louise baisse le nez. Surtout ne pas les regarder. C'étaient ses amis. Maintenant, ils vont la haïr. Elle n'a pas pu résister, elle n'en a plus la force. Dans cet appartement sympathique, avec ces deux personnes qui l'épaulent depuis son retour, elle aurait dû se sentir plus à l'abri que jamais. La page Ludovic vient de se tourner, plus rien ne reviendra la tourmenter. C'est justement la fin de la menace qui la confronte à la situation : elle ne réussira jamais à refaire surface tant qu'elle portera seule ce fardeau.

« L'œil était dans la tombe et regardait Caïn », a-t-elle ânonné en classe.

Cet œil qui la poursuit, c'est celui qui sortait de ce tas de chiffons, il y a des mois déjà, et qui la hante encore. Elle ne peut oublier cet air infiniment las, étonné et soulagé de la voir, mais surtout d'une indicible tristesse. Elle n'aurait pas su dire si c'était l'accablement de la mort ou de la trahison qui l'emportait. Louise ne peut plus rester seule avec ce regard.

Elle déballe tout. Sans chercher à expliquer l'inexplicable, proférant juste des mots les uns derrière les autres, essayant de retracer l'enchaînement de faits bruts.

Un long silence s'ensuit. Soit que les deux autres s'attendent à d'autres révélations, soit qu'ils méditent, en regardant l'obscurité prendre possession des carreaux.

C'est Alice qui rompt leur prostration. Elle se lève, va s'asseoir près de Louise, passe son bras autour de ses épaules, comme elle aime le faire.

« Ma chérie, c'est cela qui te torture ? Mais tu as bien fait. »

Elle laisse passer quelques secondes pour être sûre d'être comprise.

« Oui, tu as absolument bien fait, sur toute la ligne. Tout ce que tu as dit de Ludovic depuis le début va dans le même sens. À un moment, il a lâché prise, il a arrêté de se battre. Ce jour-là, il est tombé malade et, que tu sois partie ou non, son sort était scellé. C'est terrible à dire, mais tu n'y es pour rien. »

Elle prend une grande inspiration avant de poursuivre :

« Je t'ai dit qu'un de mes frères s'était suicidé. Cela faisait des années que cela durait, après une sale histoire de harcèlement au boulot, il ne vivait plus, il ne luttait plus. Avec mon autre frère et ma mère, nous avons tout fait. Nous l'avons emmené en vacances, accompagné pendant ses cures, lui avons présenté des amies. Je me suis même installée des semaines chez lui pour le distraire, parler, le supplier. Cela n'a servi à rien. Tu as fait ce qu'il fallait, tu t'es sauvée, toi. »

Pierre-Yves réalise soudain que c'est cela, l'élément qu'il cherchait depuis le début, ce qu'il avait flairé. La voilà, la confrontation primitive avec la vie, celle qui pousse à agir au-delà de tout code et de toute règle, et même au-delà de ses propres sentiments. Cet aveu de Louise devient la pièce maîtresse de l'ouvrage. Par là, son histoire prend une dimension universelle.

Louise éclate en sanglots. Elle s'est recroquevillée en fœtus sur le canapé. Impossible de savoir si elle a entendu et, moins encore, compris le discours apaisant d'Alice. Les pleurs se bousculent tant qu'elle perd sa respiration. Elle hoquette, grogne, suffoque comme si sa gorge n'était pas assez grande pour laisser sortir ce torrent de tension, mêlé de peur et de dégoût. Les deux autres restent interloqués par cette violence. Alice lui pose à nouveau la main sur l'épaule, avec un « là… là… là » impuissant.

Pierre-Yves souffle :

« Bon, je crois qu'il faut qu'elle dorme. Tu peux la surveiller ce soir ? Elle n'est pas capable de revenir à l'hôtel. Tu as des somnifères ? La pauvre ! Dire qu'elle a gardé cela sur la conscience depuis le début. »

Alice a dormi dans le canapé. Elle a réussi à déshabiller Louise qui s'abandonne comme une poupée de chiffon et s'est endormie lourdement, autant sous l'effet du médicament que de l'épuisement nerveux. Demain, à la première heure, Alice appellera Valère, le psychologue auquel elle a déjà fait appel pour gérer les crises de ses clients.

Il est presque 10 heures. Louise vient d'émerger, toute bouffie. Elle en est à deux aspirines, autant de cafés et chipote sur un croissant. Pierre-Yves arrive, des fleurs à la main. Il porte la même veste pied-de-poule que lors de leur première rencontre à Londres. Cela fait sursauter Louise, la ramenant à la réalité. Pendant un moment, on disserte prudemment de la couleur des poinsettias de Pierre-Yves et du temps de cochon qui assombrit le ciel. Chacun tourne autour des révélations de la veille avec la crainte de déclencher une nouvelle crise, mais ils ne pensent qu'à cela.

Finalement, Alice entame :

« Louise, comment te sens-tu ? Ce matin, j'ai appelé un de mes amis, le docteur Valère. C'est vraiment un type bien, un psychologue. Il est prêt à te recevoir quand tu veux, pour t'aider. Ou, si tu préfères, j'ai une copine qui a une maison dans le Luberon et qui est d'accord pour nous prêter la clé. »

Louise émet un soupir, qu'Alice interprète comme un acquiescement. Elle poursuit donc :

« Je répète ce que j'ai dit hier. Tu as bien agi. Tous les gens sensés auraient fait comme toi… »

Elle n'a pas le temps de développer. Pierre-Yves saisit la balle au bond :

« Le Luberon, c'est une super-idée. Moi, je vous accompagne. On sera tranquilles tous les trois et on pourra reprendre le livre à zéro. »

Il a travaillé une partie de la nuit et se sent émoustillé comme il l'a rarement été. Il sait maintenant que ce premier aller-retour de Louise est le climax, le crux, comme disent les alpinistes, de l'histoire. Il a repris toutes ses notes et constaté que tout s'enchaînait pour en arriver à cet épisode. Il est prêt à expliquer les tentations et les freins qui s'affrontent dans la tête de cette femme abandonnée et impuissante. D'un côté l'amour, l'humanisme, de l'autre l'instinct de survie.

« Ne nous casse pas les pieds avec ton livre. Louise a besoin de vacances et d'oubli. »

Pierre-Yves se veut conciliant :

« Ok, pas de souci, on fera des balades, on ira à Lourmarin, à Gordes, à Bonnieux. Je connais des restaurants excellents et à cette époque on sera tranquilles comme des rois. Ne t'en fais pas, mère poule, je ne vais pas accabler ton poussin de boulot. Mais on doit rendre notre copie dans un mois. Il ne faut pas trop tarder à publier et maintenant qu'il faut tout revoir, nous avons du pain sur la planche. Je peux en faire la plus grande partie, mais j'ai encore un peu besoin de Louise pour m'expliquer certains points. Il faut aussi qu'on voie tous les trois comment on gère l'annonce.

— Quelle annonce ?

— Eh bien, quand on va rétablir la vérité. Je pense qu'il vaut mieux le faire avant la sortie du bouquin.

— "Rétablir la vérité" ! » Alice lui jette un regard furieux. « Dis donc, le procureur de la République, tu te crois où ? Aux assises ? Louise nous a raconté quelque chose parce qu'elle a confiance en nous, pas pour qu'on le claironne sur les toits.

— Peut-être, mais maintenant qu'on le sait, on ne peut pas faire semblant de rien. Dans le bouquin, je vais devoir en parler. »

C'est tellement évident pour Pierre-Yves qu'il est pris au dépourvu par la sortie d'Alice.

« Ton bouquin, on s'en fout ! »

Alice s'est redressée sur le canapé comme si elle allait lui sauter dessus. Louise, qui ne l'a jamais vue que souriante et d'apparence décontractée, est déconcertée de la trouver les yeux brillants et le rouge aux joues.

« Ne me dis pas que tu as l'intention de baver. Et de quel droit ? Tu sais ce qui va se passer si tu racontes cela ? Tu poignardes Louise dans le dos ! Tu connais ces bonnes gens de la presse. Tu en es et moi aussi. Nous en vivons tous les jours, de ces affaires, de ces secrets que l'on évente.

— Mais enfin, cela va finir par fuiter, proteste Pierre-Yves. Louise nous le dit aujourd'hui, elle peut le dire à d'autres plus tard. Au contraire, c'est à nous de nous organiser pour que cela se passe en douceur. Maintenant, nous avons la main, nous pouvons en profiter.

— "En douceur" ? Tu te fous de moi ! Ça va être l'hallali, tu le sais parfaitement. Autant ils l'ont encensée, autant ils vont la démolir. Plus méchamment encore parce qu'ils auront l'impression d'avoir gobé des bobards. Elle n'aura pas une minute de répit. Ils vont appeler les parents de Ludovic à la rescousse et réclamer une mise en examen pour non-assistance à personne en danger. C'est cela que tu veux ? Louise, dis-lui ! »

Louise est muette. Elle s'est rencognée au fond des coussins et les écoute discourir. Hier, elle s'était sentie soulagée de tout avouer. Ce matin, c'est un autre abîme qui s'ouvre devant elle. Il va falloir payer. La sortie d'Alice ne l'a pas rassurée. Va-t-on vraiment lui donner la chasse ? C'en sera fini des amabilités jusque chez la boulangère, des animateurs complaisants, de gens qui se mettent en quatre pour l'aider. En une seconde, lui viennent à l'esprit des couvertures de magazine la proclamant « traîtresse », « menteuse », « mythomane », accompagnées d'une photo la plus hideuse possible, où elle aura le regard fuyant. Elle se rend compte qu'elle n'avait pas mesuré l'ampleur des conséquences. Elle est assaillie par sa vulnérabilité. Son sort ne dépend plus d'elle mais de ces deux-là, supposés être ses amis, qui se disputent déjà. Alors elle se tait, lissant obstinément l'accoudoir.

Alice prend ce silence en pitié et se calme un peu. Elle n'a pas non plus envie d'aller au conflit avec Pierre-Yves. Elle le respecte. Il lui a donné ce boulot. Elle change de stratégie.

« Écoute, depuis un mois, je te fais le plan de com' gratuit pour préparer ton bouquin, d'accord ? J'ai eu toutes les chaînes francophones et anglophones, de *Télérama* à *Voici*, de France Culture à BFM. Louise est une héroïne, tout le monde la connaît, tout le monde l'aime, je ne serais pas surprise qu'elle soit sur la prochaine liste de la Légion d'honneur. Elle s'est battue, elle a fait des trucs de dingue. Ni toi ni moi n'en ferions le quart, OK ? Et tu veux tout gâcher parce qu'il y a un détail dont elle n'a pas parlé et qui d'ailleurs ne change rien à l'histoire. Tu sais bien que tous ces braves gens, qui étaient devant leur télé pendant qu'elle crevait de faim, vont s'octroyer le droit de faire des commentaires, de la juger. Et là, ça sera dégueulasse, parce qu'ils n'y comprendront jamais rien. Twitter, Facebook, tous les frustrés de la terre auront un avis, et c'est tellement bon d'enfoncer quelqu'un qu'on a adoré ! »

Alice s'efforce maintenant de reprendre le ton léger et professionnel qu'on lui connaît.

« Elle a rendez-vous la semaine prochaine pour faire un bout d'essai avec Miromont. Si ça marche, elle aura peut-être un premier petit rôle. Je suis sûre qu'elle sera bonne. Si toi tu joues bien, on pourrait intéresser le bonhomme à l'adaptation de ton livre. Ça te dirait ? Mais, attention, il ne fera rien pour une fille qui va passer pour une lâcheuse et une menteuse. »

Pierre-Yves raisonne autrement. « Lâcheuse », « menteuse », ce sont des mots. Lui, c'est la confrontation à la réalité qui l'excite.

« Bon, énonce-t-il d'un ton faussement posé, nous ne sommes pas sur la même longueur d'onde. Je pense le contraire. Ce que Louise nous a dit est d'une force incroyable et cela va encore plus intéresser les gens. Je ne suis pas sûr du tout qu'ils vont la dézinguer. »

Il fait semblant de chercher ses mots.

« Toi, tu fais de la communication, moi du journalisme. J'ai une information, c'est mon boulot de la donner. Ne t'inquiète pas, je sais mettre en perspective et je ne veux surtout aucun mal à Louise. Tu le sais, Louise ? dit-il en la prenant à son tour à témoin sans obtenir plus de réponse.

« Pour ne rien te cacher, depuis le début je sentais qu'il y avait quelque chose de bizarre dans cette histoire. J'ai un peu de flair, ajoute-t-il en baissant modestement la voix. Donc, maintenant, on reprend tout à zéro. Louise, on continue à faire équipe, mais je t'en prie il ne faut plus rien me cacher.

— Du flair ! De la perspective ! » Alice explose à nouveau. « Tu es comme les autres, un type qui ne s'intéresse qu'à lui-même. Ton fameux flair, c'est de t'attaquer à une fille sans défense. Tu me dégoûtes ! Et en plus tu insinues qu'elle aurait menti sur d'autres faits ? Pourquoi pas assassiné son mec discrètement et coulé le bateau, pendant que tu y es ?

— Moi je ne sais pas, seule Louise le sait.

— Salaud ! »

Pierre-Yves se lève d'un bond.

« Allez, on arrête les noms d'oiseaux. Je crois qu'on a tous besoin de se calmer. Louise, je t'appelle demain, on reparle tranquillement et rassure-toi, il n'y aura aucune conséquence fâcheuse pour toi. »

Il ramasse son manteau à la hâte et s'éclipse, laissant les deux femmes interdites dans le canapé. Alice attire à nouveau Louise contre elle.

« Ma pauvre chérie, tu n'avais pas besoin de cela. Cet abruti ne comprend rien. Moi je te l'ai dit, j'ai déjà vécu des épisodes de ce genre. Je suis encore poursuivie par l'idée que j'aurais pu empêcher mon frère de passer à l'acte. Mais tous les psys savent que l'instinct de vie ne se communique pas. Toi et moi, nous l'avons, pas eux. C'est terrible, mais c'est vrai. Écoute, demain, il faut que tu dises à ce journaliste de pacotille que tu t'es trompée ou que tu as dit n'importe quoi parce que tu n'étais pas bien après l'enterrement, que tu t'en voulais de ne pas avoir sauvé Ludovic et que tu as tout inventé. De toute façon, il ne peut rien prouver et il n'a pas intérêt à faire la moindre allusion à quoi que ce soit, sinon c'est la plainte pour diffamation assurée. Il ne s'y risquera pas et s'il le faut, je témoignerai pour toi et tu gagneras. Je te conseille vivement de laisser tomber son foutu livre, je t'aiderai à faire annuler les contrats. »

Elle respire un grand coup et affiche à nouveau un sourire.

« Il faut que tu me promettes de ne plus jamais parler de cette histoire à personne. Ou alors seulement à un psy, si ça peut t'aider. Je t'ai dit qu'il y en avait un à ta disposition et là, on peut compter sur le secret professionnel. Allez, promets-moi. »

Elle prend le menton de Louise dans sa main et lui relève le visage, comme on le fait avec un enfant à qui on veut arracher une promesse. Elle a une seconde d'angoisse en voyant le regard vide de son amie, sa pupille absente, absorbée par une souffrance intérieure.

Elle connaît ce regard. Elle l'a maintes fois croisé, il y a trois ans, c'était celui de son frère.

Louise a tout faux, tout raté, tout perdu. Ludovic est mort, elle n'a pas de travail, pas d'appartement. Ses deux meilleurs amis viennent de se disputer par sa faute. Son avenir est en lambeaux. Il va falloir dire adieu au cinéma. La terre entière va se dresser contre elle, jusqu'à la conduire au tribunal. La solution d'Alice n'en est pas vraiment une car c'est bien la vérité qu'elle leur a dite, celle qui la taraude depuis des mois. Elle sait bien qu'elle ne la taira plus.

Il n'est pas midi quand elle rentre à l'hôtel. Elle se déshabille, prend deux somnifères, contemple la boîte un long moment, puis se couche en allumant la télévision. C'est sa façon de ne pas penser.

Le matin suivant est magnifique. Un bon vent du nord a chassé les nuages. Louise contemple longtemps la fenêtre, sans trop savoir où elle est ni quelle heure il est. Et puis tout revient. Elle ne bouge pas, elle attend sans savoir quoi. Deux oiseaux passent, elle croit reconnaître des oies, inhabituelles dans le ciel de Paris, en route pour quelque obscure migration dictée par leur instinct. Une lumière s'insinue dans son esprit. Elle va les imiter : partir, ou plutôt fuir, laisser derrière elle cet écheveau indémêlable, disparaître, cette fois-ci pour de bon.

Saisie par l'urgence, elle se lève sans prendre le temps de se doucher, abandonne ses vêtements dans les placards, ramasse uniquement son ordinateur, le téléphone et descend payer sa note.

Elle est dans la rue, fonce vers le métro : Montrouge, Montparnasse, le car Air France direction Roissy, comme si elle était une voyageuse normale en route pour une vraie destination. Arrivée dans le hall, elle consulte l'immense tableau des vols en partance pour les quatre prochaines heures. Elle a toujours adoré cette impression que le monde est là, à votre portée : Lima ? Elle a failli y aller en vacances, avant que sa bande de copains ne juge le billet trop cher... Pourquoi pas ? Auckland, c'est vraiment le bout du monde, ce qu'il lui faut ! Mais les deux vols sont complets. Elle essaye aussi Vancouver et Tahiti, sans plus de résultat. Elle se rabat sur Glasgow. Moins extrême, mais elle est pressée, il faut qu'elle parte. Elle se souvient d'une escapade sur le Ben Nevis, le point culminant d'Écosse, avec les inséparables Phil, Benoît et Sam, la lande qui sentait si bon et, de là-haut, le merveilleux fouillis des îles. À l'entrée de l'hiver, il n'y aura pas un chat.

Dans un dernier élan, pour apaiser sa conscience, elle envoie un message circulaire, pêle-mêle à ses parents, Pierre-Yves, Alice et ses amis du « 40 » :

« J'ai besoin de vacances. Je pars quelques semaines. Les communications Internet ou téléphone ne fonctionneront sans doute pas. Ne vous inquiétez pas, je vais bien. Je vous embrasse. Louise. »

Elle espère que cela suffira, mais ajoute un SMS spécial pour Alice :

« Je vais TRÈS bien. »

Il n'y a pas plus lugubre que Glasgow en décembre. Seules les décorations de Noël donnent des reflets jaunâtres aux façades austères. Elle n'y traîne pas, le temps de rafler un sac et des vêtements au Debenhams local, et elle s'enquiert d'un hôtel, une location, n'importe quoi, mais une destination très tranquille. Elle baratine à l'office de tourisme : un livre à écrire, un besoin de concentration, de solitude.

« Ah, oui, bien sûr, lui répond-on, il y a les îles de Mull ou de Skye, de charmants villages, accessibles tous les jours par ferry... Ou Islay, la patrie du whisky... Ça peut aider pour l'inspiration, risque le préposé sans rire. Plus loin ? Plus perdu ? »

Le type se demande quel roman noir nécessite un tel environnement.

« Peut-être Jura, deux cents habitants, un seul hôtel, il faut que je vérifie s'il est ouvert à cette saison... Sans doute pas d'accès Internet mais le téléphone portable, bien sûr... Les falaises face à l'Atlantique, le plus fort courant d'Europe, faisant bouillir la mer, c'est très spectaculaire... »

L'employé essaye quand même de faire l'article.

« Il faut une heure et demie de train jusqu'à Clachan, puis deux ferries successifs, le premier pour Islay et ensuite Feolin, l'appontement de Jura. »

Parfait ! Louise se lance dans l'aventure avec l'impression de déjouer une filature : bus pour la gare, train, ferries, plus le trajet devient biscornu, plus le paysage devient ras et désert, mieux elle se porte. Quand le dernier bac accoste sur une mauvaise cale en béton, elle respire déjà plus librement.

Le patron de l'hôtel, M. Terence, un type rougeaud et bas sur pattes parfaitement adapté au grand vent local, vient la chercher à Feolin, dans un 4 × 4 qui a tout vu. Il pleut des cordes, la voiture tangue sous les rafales. Le chauffeur, imperturbable, lui commente les méandres de l'unique et mauvaise route, quasi invisible à travers la buée du pare-brise, le rideau de pluie et la nuit qui descend.

La chambre au papier peint fané, le couvre-pieds en crochet, le petit bureau en Formica faux bois, tout sent une humidité que rien ne chassera jamais. Comme souvent dans les pays du Nord, il y fait chaud à l'intérieur. Louise ouvre son sac, tel un marin qui rentre au port.

Elle jette un dernier regard à la messagerie de son téléphone. Pierre-Yves doit s'énerver. Il a laissé une foule de messages, ainsi que ses parents qu'il a dû contacter pour essayer de retrouver sa trace. Elle éteint l'appareil sans rien lire, le range avec son ordinateur dans l'antique armoire et se fourre au lit. Sans l'avoir prémédité, elle entame une cure de sommeil. Cela lui vient naturellement, une manière d'évacuer enfin cette tension inhumaine qui n'a pas cessé depuis qu'un jour, il y a des lustres, elle est partie avec Ludovic chercher un lac asséché dans une île perdue.

Elle a servi à ses hôtes la même histoire d'écrivain en quête de tranquillité. Elle se lève vers 9 heures, engouffre les toasts badigeonnés de confiture d'airelles maison, la platée d'œufs au lard gras et les beans recouverts de sauce tomate insipide puis, sous couvert d'inspiration, retourne dans sa chambre. Le lit l'attire physiquement, elle se pelotonne, éprouve une vraie volupté à tirer la couette jusque sous son menton en poussant des soupirs volontairement sonores. Même après une bonne nuit, elle se rendort profondément, comme si elle n'en avait jamais fini d'une lancinante fatigue. Cela lui procure le même effet thérapeutique que lors d'un état grippal. Durant son sommeil, il lui semble que des connexions mystérieuses et bienfaisantes se mettent en œuvre et réparent peu à peu cette plaie qu'elle se sent à l'âme.

Elle réapparaît vers 13 heures, feignant d'avoir bien travaillé, pour une assiette de viande froide mayonnaise. Puis, tous les jours, quel que soit le temps, elle endosse la parka achetée à Glasgow et sort trois heures de suite. Elle n'a plus peur, maintenant, du froid et du vent. Ils peuvent s'enrager tant qu'ils veulent, la tremper, la saouler, la bousculer. Quand elle en aura assez, les Terence seront là avec le « *tea and scones* » que Madame réussit si bien. Elle retrouvera sa chambre chauffée, son lit, sa tanière pour une sieste jusqu'au dîner si cela lui chante. Elle n'a plus peur de rien.

Les deux premières semaines, selon qu'il fait beau ou maussade, qu'elle est d'humeur bagarreuse ou paisible, elle fréquente la côte au vent ou sous le vent. Les petits arbres sans feuilles, les herbes séchées par l'hiver lui paraissent à l'unisson de sa disposition d'esprit. Elle aussi attend le printemps.

Elle marche vite, laissant les fougères et les ajoncs des sentiers tremper son pantalon. Elle s'arrête régulièrement pour observer un cormoran immobile qui se sèche les ailes comme s'il avait l'éternité devant lui, ou un caseyeur qui bagarre dans la plume. L'air la saoule et la délasse, dénoue ces choses tues au fond d'elle-même. Elle laisse maintenant affleurer même les visions les plus morbides, car, de là où elle est, elle ne les craint plus. Elle peut crier dans le vent, personne ne l'entendra, qui ferait mauvais usage de ses paroles.

Elle marche et la mécanique physique semble remettre en route la mécanique mentale. Dans ce pays simple, de lande et de bourrasques, Louise retrouve cette sensation qu'elle a souvent éprouvée en montagne : le corps et l'esprit ne sont qu'un. Chaque pas gagné sur la boue des chemins, chaque souffle conquis contre le vent stimule imperceptiblement des réflexions. Elle se dérouille mentalement et se compare à ces outils oubliés qu'avec Ludovic ils avaient péniblement remis en état pour retaper la baleinière. Réfléchir ainsi, librement, ne peut pas se faire dans l'immobilité d'une chambre. C'est au rythme de ses muscles que ses neurones s'ébrouent.

Ne plus combattre ses pensées est un soulagement infini. Elle rentre repue, les yeux brûlant de vent et le cœur chaque fois un peu plus en paix.

Un jour, profitant d'une éclaircie, elle a voulu aller au bout de l'île. M. Terence l'a obligeamment véhiculée au long des trente-cinq kilomètres qui séparent le village de Craighouse et le fameux Corryvreckan, cet étroit passage entre les îles de Jura et Scarba, plus au nord.

« Continuez environ quarante-cinq minutes sur le sentier, vous trouverez la vieille ferme de Barnhill, ensuite vous coupez dans la lande vers le nord. Attention aux rafales qui pourraient vous jeter au bas de la falaise. Moi, j'ai à faire, je reviendrai vous chercher vers 16 heures. »

Ouvert aux vagues de l'Atlantique d'un côté, accueillant le déversement des grands lochs côtiers de l'autre, le goulet est en permanence travaillé par de furieux courants, jusqu'à 9 nœuds. Pour corser le tout, un îlot en plein milieu rend le passage plus étroit et plus agressif. Par temps calme, de gigantesques marmites semblent déjà bouillonner. Le type du syndicat d'initiative ne mentait pas.

Ce jour-là, le vent d'ouest est encore soutenu et le flot descendant s'y oppose. L'un et l'autre bataillent sans se laisser de répit. La mer s'affole sans plus savoir quel maître suivre : le vent ou le courant. Les vagues éclatent en tous sens, fusent comme des geysers, rebondissent sur le rocher solitaire, submergeant ses trente mètres comme on jouerait à saute-mouton. L'océan baratté va du gris au vert translucide et charrie des paquets de mousse jaunâtre. Quand le soleil perce entre les nuages, il se crée des dizaines d'arcs-en-ciel, au gré des embruns. Il règne une impression de férocité primordiale, de puissance brute harcelée par quelque bande de démons. Plus terribles encore sont le bruit, le grondement furieux, le sifflement, le feulement de ces eaux qui bavent de colère, comme si elles allaient manquer un important rendez-vous.

Louise a des instants de quasi-recueillement devant ce fracas. La nature, encore elle, comme à Stromness, est toujours la plus forte. Dans les contre-courants le long de la falaise, elle voit des branchages et des feuilles agglomérés formant de petits îlots maltraités par les flots. Ils dansent, se faisant renvoyer dans toutes les directions. Dès qu'ils ont l'air de venir enfin s'échouer, une vague les arrache et les ramène dans la bataille. Elle y verrait presque une allégorie de ces mois passés. Elle a été ce fétu, ballotté par les circonstances, incapable d'accoster. Elle rêve de retrouver des eaux calmes, un courant apaisé qui la charrierait comme ses semblables, dans un quotidien monotone. Et soudain, elle éclate de rire, devant la banalité de cette comparaison. Elle rit d'elle-même, sans arrière-pensée, cela ne lui était pas arrivé depuis la première soirée passée au Hilton. C'était il y a si longtemps. Ce n'est d'ailleurs pas tout à fait le même rire. L'un était nerveux, tendu, gêné, elle perçoit celui d'aujourd'hui plus libre, soulagé. Car maintenant, justement, elle n'est plus au cœur de la bataille. Elle se tient sur la rive, à l'abri, et tout cela n'est qu'un spectacle.

Ses quinze heures de sommeil par jour s'espacent. Pour s'occuper, elle emprunte dans le salon des livres de poche aux dos dépenaillés, *Jane Eyre*, *L'Île mystérieuse*, ce qui lui tombe sous la main dans le maigre choix de l'hôtel. Elle s'essaye aussi au crayonnage, qui l'avait intéressée, adolescente, et parcourt la lande avec un mauvais cahier que M. Terence lui a trouvé dans ses réserves. Ici, on vit de ce que l'on a ou on improvise en attendant le bateau, la commande d'Islay et du continent.

Ce dénuement contribue à sa rédemption. Pas besoin de se casser la tête, il suffit de prendre ce qui vient, de s'abandonner au quotidien.

Elle papote de plus en plus régulièrement avec Mme Terence qui chauffe ses rhumatismes au coin d'un radiateur électrique rougeoyant comme un faux feu de bois. La brave femme est très fière de ce que George Orwell soit venu ici pour écrire *1984*. Avant d'acquérir la ferme de Barnhill, il a passé quelques semaines à l'hôtel. C'est sa mère et son beau-père qui tenaient l'établissement. Elle se souvient de cet homme sombre, de sa longue figure maigre et de ses yeux tristes. Même à elle, toute petite fille, il ne souriait pas. Rien d'étonnant qu'il ait écrit ce livre si terrible qui l'a fait cauchemarder quand elle a été en âge de le lire.

« Un pauvre veuf, disait sa mère, inconsolable ! »

Louise éprouve de l'empathie pour cet être blessé venu chercher ici, comme elle, une forme de paix.

Mme Terence s'est visiblement fait une idée sur Louise. Elle lance des allusions :

« Des enfants… ? Et pour Noël, vous rentrez en famille ? »

Elle est persuadée que la jeune femme épuise un chagrin d'amour.

C'est vrai, Noël arrive. Louise le passe à l'hôtel, seule cliente, ce qui lui vaut de partager l'oie sauvage rôtie délicieuse et le pudding, qui l'est moins. Entre Noël et le jour de l'an, il neige fort. Elle continue ses promenades avec de grandes bottes, encore approvisionnées par M. Terence.

« Celles de ma belle-fille. Faut vous dire que les enfants ne viennent plus jamais en hiver. Ils préfèrent les Baléares ! »

La seule animation de ce village perdu a lieu vers 17 heures, quand quelques employés de la distillerie, qui fait face à l'hôtel, viennent boire un verre en débauchant. Ce sont toujours des hommes, un quarteron de célibataires et, le vendredi, deux contremaîtres plus âgés et un comptable. Louise leur envie cette convivialité simple, qui pourrait passer pour monotone. Une bière, puis deux, les commentaires sur le travail de la journée, quelques histoires du village, des récriminations contre « ceux de Londres », des promesses de voter indépendantiste, le tout avec cet accent qui bouffe la moitié des mots. Comme c'est souvent l'heure où elle rentre de promenade, Louise a parfois été invitée à se joindre à la discussion.

« Alors, mademoiselle, ça avance, votre bouquin ? La prochaine fois qu'il fait beau, vous devriez aller du côté du cap Fenearah, on voit des cerfs par là-bas… »

Personne ne lui en demande plus, elle a pris sa place dans le paysage, en tant qu'« écrivaine française ». On ne veut pas savoir d'où elle vient, ni ce qu'elle a vécu, ni ce qu'elle écrit.

L'un des garçons, Ed, l'a reluquée avec intérêt. Il lui a tendu une perche en lui proposant de l'emmener à moto faire une virée le samedi, vers les distilleries d'Islay. Mais Louise n'est pas encore prête à engager une relation, même superficielle. Pourtant, de ce côté-là aussi, elle entre en convalescence. L'autre nuit, avant de s'endormir, elle a posé une main sur ses seins et l'autre s'est frayée entre ses cuisses, doucement, timidement et finalement, elle s'est fait exulter. C'était purement sexuel, mais ça l'a rassurée sur une forme de normalité retrouvée.

Un soir, Louise a déniché *1984* et s'est mise au lit avec. Elle en avait quelques souvenirs. La séance de torture avec le rat, qui l'avait déjà impressionnée, lui fait particulièrement horreur, maintenant qu'elle a éprouvé la rapacité de ces animaux. Mais quelque chose la retient comme une fulgurance qu'elle relit trois fois. Dans le roman, le héros, Winston, récupère un livre écrit par un certain Emmanuel Goldstein, censé être à la tête de la conspiration contre Big Brother. Dans ses écrits, le dissident dévoile les méthodes du totalitarisme et au chapitre sur l'information, une phrase lui glace le sang : « Celui qui a le contrôle du passé a le contrôle du futur. Celui qui a le contrôle du présent a le contrôle du passé. »

Cette phrase la met en émoi. Jamais elle n'avait eu l'impression que la littérature s'adressait ainsi directement à elle, ou pouvait l'aider à y voir clair. Les romans étaient des histoires, elle découvre qu'ils peuvent interférer avec la réalité.

Orwell développait son raisonnement. La société repose sur le fait que Big Brother est infaillible.

Adapter le passé au présent est alors indispensable pour éviter toute analyse historique, toute comparaison ou remise en question. Sous Staline, on retouchait les anciennes photos du Politburo pour en faire disparaître ceux qui avaient fini au goulag. Les membres du parti doivent donc perpétuellement être en état de croire que le noir est blanc et vice versa, ce qu'Orwell appelle la « doublepensée ».

C'est exactement ce qu'elle, Louise, a failli faire : travestir son passé. Cette réécriture de l'histoire n'était pas exempte d'avantages, mais la culpabilité a été la plus forte. Comme Orwell, elle s'est enfuie. Nommer son mal est une délivrance, le point d'orgue de cette maturation qu'elle sent à l'œuvre depuis qu'elle est sur Jura. Elle portait deux vérités en elle, une de trop. C'est si simple de voir les choses ainsi.

Elle se lève, ouvre la fenêtre et une bouffée d'air glacé envahit la pièce. Après la pluie de la journée, le ciel a repris, sous la lune, une pureté de cristal. Chaque bosquet, chaque arbre, chaque branche se détache sur le fond neigeux avec une netteté surréaliste. C'est cela qu'elle veut : le pur, le vrai.

Elle s'emporte elle-même : jamais elle ne se laissera déposséder de son passé, comme les citoyens d'Oceania. Jamais, tel le pauvre Winston d'Orwell, elle ne finira par dire qu'elle n'a pas d'opinion sur combien font deux et deux. Cette idée lui donne le sentiment d'être une résistante.

Démêlera-t-elle un jour les raisons de sa conduite sur Stromness ? À quoi bon épiloguer à propos d'une pulsion ? L'introspection ne changera rien, sauf à l'engluer dans le remords. Enfant, elle se rêvait en héroïne. Mais la vie se moque des songes. Sa part d'ombre l'a fait grandir. Elle n'est plus « la petite ».

Louise commence à trembler dans la brise. Elle s'obstine, comme pour que son corps se souvienne autant que son esprit de cette heure singulière. Pour un peu, elle partirait en pleine nuit faire un pèlerinage vers la maison aux volets bleus où, soixante-dix ans plus tôt, il lui semble qu'un homme lui a tendu la main.

Elle inhale profondément et le souffle glacé lui brûle la trachée. Elle s'imagine qu'il la nettoie de l'intérieur.

Le lendemain, il vente fort. Dès que ça se calme, Louise part batailler cinq heures d'affilée pour atteindre le Beinn an Òir, le sommet de l'île, à 785 mètres.

Elle commence par suivre la lisière de la forêt, où la neige est moins dense. Rapidement, elle atteint la zone de prairie et perd le sentier de vue. Plus la pente se redresse, plus elle peine à se frayer un passage. Elle s'obstine, plante les poings dans l'épais tapis pour prendre appui, lève les genoux jusqu'au menton, pousse même avec le ventre. La neige lui remplit les bottes et lui remonte le long des manches. Le sang qui lui bat les tempes lui donne des éblouissements. Elle n'en a cure. Ce combat l'amuse. Plus elle se fatigue, plus il lui semble qu'une énergie vitale lui revient enfin. Cette vigueur est sa marque de fabrique, ce qui lui a permis de tenir le coup depuis toujours, de croire en elle quand elle était une adolescente ignorée, de trouver son chemin dans l'existence, de survivre quand tout semblait perdu. Ses errements des mois passés l'avaient occultée, mais elle la retrouve, cette force, avec un indicible bonheur. Alice a raison, elle n'y peut rien, elle est ainsi.

La nuit dernière, elle a réglé un vieux compte. La vie reprend. Il y aura toujours quelque part une douleur, une tristesse et un mort. Elle gardera une cicatrice du nom de Ludovic. Elle ne veut surtout plus oublier.

Au fur et à mesure qu'elle s'élève, elle savoure la vue qui se dévoile. Enfin, elle débouche sur la dernière rotondité et l'île s'étend tout entière à ses pieds. De là-haut, la vue est grandiose et avec elle vient une impression de puissance. D'un côté les îles à perte de vue, rongées de fjords, et les contreforts violacés du vieux massif calédonien ; de l'autre l'Atlantique Nord, d'un gris verdâtre moucheté du blanc d'éternelles déferlantes.

Louise comprend qu'elle n'a plus besoin de ce modeste refuge de Jura. Elle a même hâte de partir, comme une convalescente qui s'énerverait de devoir rester au lit. Elle va retourner au front, retrouver un travail, des amis, des amours.

Accroupie en haut de la montagne, devant les îles qui commencent à baigner de rose et de gris, Louise regarde devant elle, fixement. La sueur refroidit le long de son dos. Elle fait machinalement des moulinets avec les bras pour se réchauffer. Il va falloir redescendre. C'est la dernière promenade qu'elle effectue sur l'île.

Son avenir ne se jouera pas autour d'un film ou d'un livre. La roue de l'actualité tourne vite. Dans quelques mois plus personne ne la reconnaîtra, dans quelques années, son aventure sera oubliée.

D'ici là ? Se fondre dans les brumes écossaises ? Son diplôme devrait être valable, elle parle correctement anglais. Ils doivent bien embaucher des comptables, entre le pétrole, le tourisme et les mines. Elle est prête à faire n'importe quoi : traductrice, accompagnatrice de groupes, à Glasgow, Oban, Aberdeen. Cette impression de page blanche est à la fois vertigineuse et excitante.

Il n'est pas 16 heures, la lumière ternit vite. Délaissant la trace qu'elle y a faite à l'aller, Louise dévale avec ravissement dans la neige vierge.

Il y a un an exactement, *Jason* embouquait le canal de Beagle, emmenant deux gosses enivrés de bonheur vers une île prometteuse.

DU MÊME AUTEUR :

Rendez-vous avec la mer, Solar, 1996

Un solitaire autour du monde, Arthaud, 1997

Aventuriers du monde, sous la direction de Pierre Fournié, Gallimard, 2005

Kerguelen, le voyageur du pays de l'ombre, Grasset, 2006

Salut au Grand Sud, avec Erik Orsenna, Stock, 2006 ; Le Livre de Poche, 2007

Versant océan : l'île du bout du monde, Grasset, 2008

Seule la mer s'en souviendra, Grasset, 2009 ; Le Livre de Poche, 2011

L'Amant de Patagonie, Grasset, 2012 ; Le Livre de Poche, 2013

La Terre pour horizon : entretien avec Isabelle Autissier, Les Presses d'Île-de-France, 2013

Chroniques au long cours, Arthaud, 2013

Passer par le Nord : la nouvelle route maritime, avec Erik Orsenna, Paulsen, 2014

Le Livre de Poche s'engage pour
l'environnement en réduisant
l'empreinte carbone de ses livres.
Celle de cet exemplaire est de :
300 g éq. CO$_2$
Rendez-vous sur
www.livredepoche-durable.fr

**PAPIER À BASE DE
FIBRES CERTIFIÉES**

Composition réalisée par NORD COMPO

Achevé d'imprimer en octobre 2016, en France sur Presse Offset par
Maury Imprimeur – 45330 Malesherbes
N° d'imprimeur : 212752
Dépôt légal 1re publication : novembre 2016
LIBRAIRIE GÉNÉRALE FRANÇAISE – 21, rue du Montparnasse – 75298 Paris Cedex 06